鏗鏘三人行

铿锵三人行

「隧」口「道」来的词·情·意

谭清涛 著

人民交通出版社
北京

图书在版编目（CIP）数据

铿锵三人行："隧"口"道"来的词·情·意/谭清涛著. — 北京：人民交通出版社股份有限公司，2024.12. — ISBN 978–7–114–20109–7

I. I227

中国版本图书馆 CIP 数据核字第 2024P823B2 号

Kengqiang Sanrenxing："Sui" Kou "Dao" Lai de Ci · Qing · Yi

铿锵三人行：
"隧"口"道"来的词·情·意

著　作　者：	谭清涛
责任编辑：	张　晓
责任校对：	赵媛媛　刘　璇
责任印制：	刘高彤
出版发行：	人民交通出版社
地　　址：	（100011）北京市朝阳区安定门外外馆斜街3号
网　　址：	http://www.ccpcl.com.cn
销售电话：	（010）85285857
总　经　销：	人民交通出版社发行部
经　　销：	各地新华书店
排　　版：	北京楚泰文化传播有限公司
印　　刷：	北京印匠彩色印刷有限公司

字　　数：	130千	开　本：	710×1000　1/16	印　张：	11.25
版　　次：	2024年12月　第1版				
印　　次：	2024年12月　第1次印刷				
书　　号：	ISBN 978–7–114–20109–7				
定　　价：	88.00元				

版权所有·侵权必究

（有印刷、装订质量问题的图书，由本社负责调换）

作者简介

谭远振 男,汉族,1972年6月生,黑龙江省伊春市人,中共党员,现在北京市轨道交通运营管理有限公司从事党务工作,高级政工师、高级工程师,北京交通大学工程硕士。业余生活爱好广泛,喜欢跑步、写作、朗诵,用脚步丈量人生,用文字传递正能量,用声音温暖心灵。

路清泉 男,汉族,1976年2月生,河北省邯郸市人,中共党员,现在北京市轨道交通建设管理有限公司第一分公司从事规划设计管理工作,教授级高级工程师,长沙理工大学工程硕士。业余生活爱好广泛,喜欢跑步、写作、唱歌,用脚步丈量大地,用文字记录工作,用歌声唱响生活。

寇鼎涛 男,汉族,1978年2月生,陕西省商洛市人,中共党员,现在北京市轨道交通建设管理有限公司第一分公司从事生产管理工作,教授级高级工程师,中国矿业大学工程硕士。业余生活爱好广泛,喜欢写作、徒步、摄影、书法,用文字表达对生活的热爱,用脚步丈量世界的宽广,用摄影捕捉美好的瞬间。

铿锵三人行

「隧」口「道」来的词·情·意

序一

读《铿锵三人行》词集的一点感想

  致远（谭远振）和我在业余时间经常参加清华大学工会剧艺社的活动，我们因此而相识，虽然并不经常接触，但一见如故。致远给我的感觉是既才华横溢，又真诚豁达，极富感染力。知道他在文艺方面颇有造诣，但没想到他也是一个诗词爱好者，而且功力深厚。他见我平时也写写诗词，嘱我给他和同事共同创作的词集写个序。可我自己知道，在诗词写作方面我是个初学者，对诗词的理解和感悟还处于学习阶段，更没有过深入系统研究，实难复命。但推迟多日，致远还是希望我能写点东西，因此恭敬不如从命，只好赶鸭子上架，写点感想吧。

  我认真读了致远发给我的词集，我非常惊讶于他们三位同事的唱和之作，数量如此之多、内容如此之丰富。词集的名字叫作《铿锵三人行》，作者的名字是从三人名字中各取一字，确实是最恰当不过了。

  王国维先生在《人间词话》中提出境界一说，并特别解释道"境非独谓景物也。喜怒哀乐，亦人心中之一境界。故能写真景物、真感情者，谓之有境界。否则谓之无境界。"境界有大小，不以是而分优劣。从他们的词集中，我看到了真景物、真感情。

  喜欢诗词的人都是热爱生活的人。诗词是将生活中遇到的真景物、真感情用最精练的语言表达出来的一种方式，看似语言简洁、平淡，但实有深意，反映的是丰富多彩的生活，表达的是对生活不同的感悟，值得细细品味。

我们都是时代的建设者和见证者，从词中能感受到他们对本职工作的无比热爱。文学作品不能脱离真实的生活，古往今来，优秀的诗词作品都是紧紧和时代发展联系在一起的。作者的工作和北京的城市轨道交通建设密切相关，而这些年又是北京轨道交通事业蓬勃发展的时期，他们亲身参与其中，奉献其中，为取得的每一个成绩感到自豪，为突破的每一个难题感到欣慰。三个人在工作之余挥笔记录下勤劳工作的感想，每一句都充满了对职业浓浓的热爱。从这些词作中，可以看到真景物和他们心中的真情感。如《西江月·牡丹园》中的"头顶元都遗址，肩扛小月新河。牡丹园里计通车，关键筹谋西侧"和"建设施工监理，运营设计磋商。五方协作意犹长，党建指明方向"，以及"庚子金秋报喜，工程主体完活。目标节点不能挪，还望拆迁突破"，非常生动形象地说明了工程的地点、工程的复杂、工程的目标等，是鲜明的工程场景再现，体现了他们对工作的热爱。如《点绛唇·贺十九号线全线开通》中的"时至年中，剩余四站开通赞。千呼万盼，十九通全线"和"朋友圈中，刷新十九皆称赞。触屏流盼，四站通全线"，以及"四站开通，乘客增千万。发宏愿，功能兑现，披甲辉煌战"，栩栩如生地表达了圆满完成工程后获得的成就感，这种感觉只有亲身经历才能写得如此真挚感人。讴歌时代，紧贴生活，灵感随时触发，这绝不是虚妄的想象，而是真实的故事、真实的表达。北京轨道交通事业只是全国各行各业工作的一个缩影，这里表现的正是祖国蒸蒸日上的繁荣景象。

如《如梦令·冬奥首金》中的"短道速滑接力，动魄惊心合技。险获首金牌，冬奥健儿惊喜。争气，争气，再创更多佳绩"，《如梦令·冬奥三金》中的"大跳台滑雪赛，谷爱凌得头彩。场上玉娇龙，难度大而豪迈。真帅，真帅，誉满众人狂爱"，以及《如梦令·冬奥六金》中的"单板跳台滑雪，男子竞争激烈。小将翊鸣优，翻转五圈无懈。飞跃，飞跃，填补空白一页"，不禁让我们想起冬奥会比赛带给我们的紧张、惊喜，画面感扑面而来。这里既有团队协作的集体主义精神，又有个人努力争先的奋斗精神。而小将苏翊鸣、谷爱凌又代表了朝气蓬勃、奋发有为的年轻一代，让我们不由得想起毛主席那句"你们青年人，朝气蓬勃，就像早晨八九点钟的太阳，希望寄托在你们身上"。其实这背后正是中华民族生生不息努力拼搏的写照。

中华传统文化博大精深，它的深度、广度在世界上独树一帜。中华上下五千年的历史未曾中断，绵延不绝，这就是中华传统文化力量的体现。我们独有的"二十四节气"和很多从古至今的中国特色统传节日，都过得诗情画意。其中的历史内涵、生活气息、人文精神，历经传承不断丰富，已经成为中华传统文化的重要符号。在这里，总能找到我们心中的精神寄托和热爱生活的理由。如《渔歌子·惊蛰》中的"蓝天碧水傲白杨，游客野鸭各徜徉。春水暖，蜡梅香，不负韶华奥运强"和"冬残奥会幕拉出，人大政协各自督。龙翘首，百虫苏，榜样雷锋浩气舒"，以及"河边旧柳泛青黄，一抹迎春冷傲香。惊万物，醒八方，乍暖还寒遍地芳"，语言简洁明了，生动形象，但内容极为丰富，一幅春天画卷逐渐展开，映入眼中，但细细品味，在万物复苏的季节，我们也正蓄势待发，是不是自然就产生了"一年之计在于春"的感想？如《清平乐·儿童节》中的"中年老爸，唠叨儿童话。四个孩儿都长大，逐个点评不拉"和"儿童节热，放假居家乐。欢庆今天无网课，不忘核酸检测"，以及"欢声笑语，姐弟三人曲。千里神聊同乐趣，比个高低难许"，熟悉的家庭生活景象跃然纸上，父母的期许之情、孩子的欢乐之情、兄弟姐妹的手足之情，始终存在于我们每个中国人的家庭中，从古至今，从未改变。这就是幸福生活的真实写照，这就是我们如此热爱生活的理由。

生逢盛世，感慨万千。我们亲睹了许多可以载入史册的瞬间，无论是党的二十大的召开，还是神舟飞船一飞冲天，我们都是见证者。如《如梦令·神十三返回》中的"天地遥遥相对，径向对接交会。快速返回家，半载阔别归位。难寐，难寐，此景令人陶醉"，《如梦令·神十四发射》中的"逐梦天宫搭建，十四接班出战。在轨组空间，大海星辰观看。称赞，称赞，华夏子孙惊艳"，以及《如梦令·神十五发射》中的"昨夜狂风冰冻，十五神舟精送。在轨共苍穹，闪耀太空轰动。歌颂，歌颂，分享祖国昌盛"，短短的几句，作为中国人的自豪感油然而生，祖国的强大是中国人民团结一心、众志成城干出来的，诗人写的是实景，抒发的是真情，读者怎么能不产生共鸣！

读此词集，能深深地感受到作者三人之间的深情厚谊，他们既是工作中的同事，又是唱和创作的词友，他们的真挚友情，堪比伯牙子期，让人钦羡仰慕。他们的词作是真情流露，词中充满了乐观豁达、积极向上的情绪，既有激情澎湃，也有烟火气息，能看得出，这并不是刻意为之，而是一以贯之。他们创作的语言朴实生动，意趣盎然，读来意犹未尽，直入心灵，可谓有真感情才能创作出感染人的词作。

三位作者的作品通俗易懂，朗朗上口，韵味十足，余味无穷，充分说明词并不是晦涩难懂的，更不必人为地堆砌辞藻。作品来源于真实的生活，就有鲜活的生命力。好的词作者能够充分抓住生活中的一个个美好瞬间，信手拈来，有感而发，短短几句，寥寥数语就能成就一首好词。

清华大学工会剧艺社 张凤桐

2023 年 10 月 20 日于清华园

序二

歌唱者，远振清泉鼎涛也

看到《铿锵三人行》，想起了经典名句：三人行，必有吾师。读完《铿锵三人行》，对我来说：三人行，皆是吾师。

此三人者，谭远振、路清泉、寇鼎涛也，全为工科硕士男，都是70后，分别是黑龙江人、河北人、陕西人。他们为了伟大的轨道交通事业，不远千里，来到首都。鼠年兴，龙年飞，马年奔。谭远振属鼠——子为地支首、鼠乃生肖先，自然是带头大哥，"中国最大的森林城市"——伊春这片肥沃的土地养育了他，"八山半水半草一分田"的林城本身就颇有诗意。路清泉肖龙——龙吟春是好、燕语日初长，"中国成语典故之都"——邯郸熏陶了他，不由想起白居易的"邯郸驿里逢冬至，抱膝灯前影伴身"。寇鼎涛属马——马啸关山月、莺歌杨柳春，因商山、洛水而得名的商洛滋润了他，李白诗云"我行至商洛，幽独访神仙"。

这三人既为同事，相与为友，互赏填词，时见微信。或工作、或生活、或学习，每有所得，坚持不懈地以同词牌名出之，并不刻意修饰，却得个中意趣。

名如其人，皆有其境。把三人的名字合在一起——"大弦嘈嘈如急雨"的"远振"、"小弦切切如私语"的"清泉"、"嘈嘈切切错杂弹"的"鼎涛"——就仿佛传来了铿锵的声音。

这声音是从中华传统诗词歌赋中发出来的。且听：

济舲高腾，乘箕远振。（南北朝\王融\《赠族叔卫军俭诗》）

雕戈远振徽猷盛，布帽旋膺宠眷优。（明代\吕飞熊\《题肤功雅奏图》）

之子于潜,清辉远振。(魏晋\陆云\《赠郑曼季诗四首·南衡》)

明月松间照,清泉石上流。(唐代\王维\《山居秋暝》)

碧网交红树,清泉尽绿苔。(唐代\孟浩然\《来闍(shé)黎新亭作》)

戏掬清泉洒蕉叶,儿童误认雨声来。(宋代\杨万里\《闲居初夏午睡起·其二》)

香霭雕盘雾,茶鸣石鼎涛。(明代\管讷\《七夕饮谢氏偪侧轩》)

瀑岩溜断峡泉飞,茶鼎涛翻海波溢。(元代\叶颙\《樵云老人独唱歌》)

石鼎秋涛静,禅回有岳茶。(唐代\齐己\《题真州精舍》)

又想起一个故事:有一种鸾鸟,它的叫声十分悦耳动听。有个人得到了一只鸾鸟,不管用什么珍贵的食物喂养它,三年从未叫过一声。因为这种鸾鸟只有在看到同伴的时候才会发出动听的声音。这个人便拿来一面大镜子放在鸾鸟面前。鸾鸟一见到镜子里面的影子,以为是同类,于是慨然悲鸣,一奋而绝。鸾鸟三年不叫,一直在等待同类的出现。知音难得,彼此认同,是为"共情"。

这三人正是工作有激情、处人富感情、睹物能生情、闻声可动情的"共情"者。

因"共情"而"共鸣",因"共鸣"为"共名"。于是,同词共填,依年龄大小,分别取姓名第一、第二、第三字,谭远振之"谭"、路清泉之"清"、寇鼎涛之"涛"而成,署名谭清涛。

正如谭清涛所说,结集的目的就是纪念。

纪念自己,纪念那些曾经的忙忙碌碌、曾经的喜怒哀乐、曾经的平平常常;纪念那些没有虚度的日子。那些日子里,有过温暖的时辰,有过奋斗的足迹,有过目标的实现。把那些日子结集起来,放在一起,也放在眼下的日子里,就可以触摸到流逝的岁月,挽留住过去的时光,看得见前行的道路。

这是一种对美好的努力,更是一种对传承的勇气。

文化是更基本、更深沉、更持久的力量。中国古典诗词是我们民族文化的瑰宝，值得发扬光大。但旧体诗词有着严格的格律，如平仄、对仗、字句等，曾有人比喻说，写旧体诗词，是"戴着镣铐跳舞"，很受束缚，也很难跳好。毕竟，这三人都是业余的。就像"村超""村晚""村BA"，都有属于自己的舞台。这人世间最美好、最美妙的事情，就是用自己的心灵去发现日常工作生活里的一些真美善。尽管是微光，它依然能点亮热情、希望和理想，也能呈现智慧、人生和世界。

我有幸与这三人相识。我对诗词歌赋一窍不通，亦不能妄加点评，我在学习中欣赏，这三人通过文字为自己的精神留下了阳光和温暖的空间，通过写作使自己保持对工作和生活的热情，通过填词让自己保存可感可触的痕迹和美好的记忆，这就是最值得尊敬的。我以为，填词，就是长在他们心里的一棵树。无论阳光还是风雨，只要心还在，树就会一直生长。有他们真挚的情感，飘逸的灵魂，真实的映像，祝福的心声……他们的性格爱好如此——"情动于中而形于言，言之不足故嗟叹之，嗟叹之不足故咏歌之，咏歌之不足，不知手之舞之，足之蹈之也"。

词是以音乐为主体发展起来的文学样式。破整齐的五、七言体式而出之以长短句式，不仅是合乐的需要，更是向生活化语言之回归。词是生活的画廊，是大众的艺术，也是时代的鼓点。

词是唱出来的。我一直在倾听歌唱，他们在平平仄仄、起起伏伏的诗词歌赋之路上，轻轻徐行，或抒怀，或状物，或回顾，或展望，因情而发，因事而作，如远振袅袅、清泉徐徐、鼎涛阵阵，掠过智慧的车站、大美的节气、欢快的节日、重大的事件、美好的生活……让我们用心去倾听吧。

歌唱者，远振清泉鼎涛也。

郑定录

2024年3月5日凌晨于南苑别庭

铿锵三人行

『隧』口『道』来的词·情·意

前言

路清泉（左一）、谭远振（中）、寇鼎涛（右一）

填词作赋算是我们三人的一点共同爱好。之前每个人也曾"单打独斗"、断断续续写过一些，但仅限于自娱自乐，未曾想过要结集成册，更未敢奢望正式出版。

集体写词缘于2020年9月11日，轨道建设三中心党支部和轨道运营设备设施党总支在北京地铁19号线新宫车辆段组织了一次党建活动。当天现场活动结束后，三名党员感到活动很有意义，应该有所纪念才对，遂商议围绕党建活动主题分别填写《如梦令·新宫车辆段》，以表达当时期盼19号线一期工程通车的心情。三人互相唱和、各具特色，自我感觉良好，随后商议依托19号线一期工程，一站一词，书写每座车站的工程特点和建设过程的艰辛。一路填写下来，直至19号线一期工程建成通车时，共填词36首，故而有了结集成册的初步想法。

铿锵三人行

"隧""口""道"来的词·情·意

经过一年多的相互督促、鼓励，三人均在填词方面有了新的认识和提高，因而觉得意犹未尽，词兴盎然，决定相约再续词缘。2022年，以节气、节日、冬奥、抗疫、重大事件等为主题，连同19号线一期工程剩余四站投入运营和大兴机场线开通三周年两件大事，三人又一鼓作气相继创作186首词（每人62首），加之平时个人自由主题填写45首词（每人15首），总创作数量竟然达到267首之多，遂汇总成册，策划结集打印，委托艺术设计科班出身的美女同事周轶进行美术编辑。鉴于三人初始工作都在中铁隧道集团，又先后加入轨道建设公司工作，而且还在同一部门共事过，相处多年，兴趣相投，一路同行，铿锵有力，故将词集取名为《铿锵三人行》，并邀请自幼勤学书法、时读初一的寇鼎涛之女寇诗涵题写。

后经反复阅读，三人均感到节日篇中缺少"元旦"一篇，略有缺憾。况且，2023年有19号线开通两周年、轨道建设公司成立20周年等重要时间节点，也值得纪念，加之三人又均有新的自由创作，故而又增加了《玉楼春·元旦》、《小重山·贺京投公司二十周年》、《一剪梅·贺十九号线开通两周年》、《钗头凤·三年》等33首作品。至此，《铿锵三人行》共收录300首词（每人100首），涉及词牌30个，完成了一项三人、三年、三十个词牌、三百首词、颇具规模的"工程"。

积沙成塔，集腋成裘。此时此刻，我们情不自禁地回忆起在三年时间里几个创作阶段的心路历程，以及在此基础上撰写的总结性文章。这些文章的写作思路均由谭远振牵头思考，路清泉和寇鼎涛负责具体编撰。

其一为2021年9月完成第一阶段36首作品时的总结，当时由路清泉主笔，使用了半文半白的语言风格，现在读来也颇感意趣盎然。

十九号线者，北京市轨道交通大站快线也。其一期工程南起丰台新宫，中跨西城核心区，北至海淀牡丹园，全长四十五里，于草桥接力大兴机场线。正线于丙申年五月二十六日首站开工，历时五年，建设历程可谓艰辛。工程一路克服拆迁进地、园林伐移、管线迁改、交通导行等多项前期困难，尝试棚盖法暗挖、不降水试验、装配式施工、站内洞内盾构弃壳解体等多种设计创新，突破河湖、桥梁、道路、国铁、地铁、建筑等多处艰难险阻，终于实现洞通、轨通、电通，完成动车调试，于辛丑年八月初九顺利通车试运行。

为歌颂十九号线建设者们的光辉业绩，庚子年八月始，历时一年，轨道运营公司谭远振与轨道建设公司路清泉、寇鼎涛三位党员同志，坚持党建引领，以党建促工建，深入一线现场调研，查阅周边历史文化，每站一词，每词一牌，车辆段及全线亦然；每人填词十二首，共计三十六首，弘扬中华传统优秀文学，传承格律诗词精髓，力求符合平仄关系与用韵准确。鉴于初学乍练、水平有限，尚须斟酌酝酿提高之处甚多，留待今后持续改进。

今年乃轨道交通通车大年，又恰逢建党百年。三人结伴同行，一路铿锵有声。特将诗词结集留念，当在通车之际为建党百年献礼！是为序。

其二为2022年8月在19号线一期剩余四站投运后第一次结集印刷时的总结，当时由寇鼎涛主笔，集作者、编辑、美术设计于一身，举凡排版、配图、校对、印刷等工作，皆亲力亲为，不辞其苦，不厌其烦，不畏其难。

2022年7月30日，19号线一期北太平庄站、平安里站、太平桥站、景风门站等4站首班车正式载客运营，瞬时在网络引发众多关注。至此，作为一条南北向穿越首都主城区骨干线网中的第一条"大站快车"线路，实现了全线10座车站全部开通运营，其中6座车站与既有线路实现换乘，为乘客提供了更具速度和时间优势的交通服务选择。

看着在车站一同打卡的朋友和秒刷的朋友圈，心情激动，也感慨万千。回顾过往的心酸，有欣喜、有期盼。随即，又新填《点绛唇·贺十九号线全线开通》，作为末篇，连同之前的词作，共13个词牌，计39首词。在编排过程中，为避免作者姓名重复出现，故用序号代替。凡（一）者，由谭远振创作；（二）者，由路清泉创作；（三）者，由寇鼎涛创作。

一路走来，三人结伴同行，铿锵有声，记录每座车站、车辆段的建设情况，现结集成册，名曰《铿锵三人行》，以示纪念，让我们从词句中感受那段时光留给19号线一期最真实的轨道印记。

其三为2022年12月底所写的年度创作总结,当时仍由路清泉主笔,系统回顾了当年的创作主题、创作宗旨和个中趣事,是三人、三年联手创作历程中的高峰、高产、高光时刻,必将在我们心中永驻、手中永记、眼中永恒。

这一年,我们为冬奥放歌。冬奥是世界的冬奥、中国的冬奥、北京的冬奥。我们为每枚金牌作词,创作了"如梦令-冬奥"系列,见证了冰天雪地中冬奥健儿上下翻飞、辗转腾挪、摇曳多姿的身影和夺冠后的笑容。

这一年,我们为节气放歌。节气是中国的特产,也是属于全世界华人华侨的共同精神图腾和文化印记。我们用了六个词牌,每个词牌对应四个节气,把中国传统文化与现代社会人文生活有机结合起来,赋予节气新时代的气息。

这一年,我们为节日放歌。节日中有中国的法定节假日和传统节日,也包括全世界共同的节日。我们传承民族文化、弘扬普世价值、把握时代脉搏,把我们在节日当天的状态与节日的主题紧密联系起来,赋予节日新的生命。

这一年,我们为地铁放歌。地铁是首都北京的地铁,也为全世界、全中国来京人员工作、学习、旅游、经商、交流提供交通便利。我们用了十三个词牌,为19号线十座车站、一个车辆段、全线试运营和剩余四站开通分别作词,坚持在朋友圈三箭齐发、三星连珠。我们为大兴机场线通车三周年作词,"三仙过海",各显神通,各抒己见。我们通过词的形式讲述地铁建设的内容,实现了古典文学载体与现代技术成果的契合。

这一年,我们为时事放歌。女足夺冠为我们带来春节后开门红,神舟飞船十三、十四、十五号接续出征浩瀚星空,天宫号空间站全部建成,党的二十大胜利召开、新一届中央领导集体产生。纪念一桩桩大事件、一个个里程碑,创作出一首首小词,是我们集体的记忆、心血的结晶。

这一年，我们为"抗疫"放歌。面对奥米克戎变异毒株的肆虐，我们严格执行防疫政策，严格自律，经历过弹窗3、同时空、十混一复查和真的感染，三次居家隔离，两次非必要不出区，坚持两点一线和不聚集、不堂食，长时间坚持非必要不离京、不离境。我们阳了又阴了、胖了又瘦了、哭了又笑了，体验人间喜怒哀乐、悲欢离合。

　　这一年，我们联袂创作累计两百余首，把兴趣融入创作，把创作指向工作，把工作写成词作，真正践行了古为今用、古今结合的指导思想，真正体现了"文章合为时而著，歌诗合为事而作"的创作理念。

　　慕求高才挥妙笔，序文一篇为书添。在词集成稿之后，我们有幸邀请到清华大学荷塘诗社副秘书长张凤桐博士和另一位相识多年但不愿留下真名的同行老友为本书作序。两位在文学写作方面功底深厚、颇有造诣的兄长对我们的作品给予了褒扬，使用了很多优美的文字、华丽的辞藻，展现了丰富的情感，旁征博引，妙语连珠，真可谓"书中精华看君序、妙笔生花显才思"，令我们感动、感谢、感激的同时，也汗颜不已。我们唯有不忘初心、砥砺前行，方能不负厚望、不负韶华。

　　有梦不觉天涯远，扬帆起航再出发。词集的出版是我们三位人生中的一大幸事，也是一种鞭策和鼓励。我们将以此书为契机，继续学习中华优秀的传统文化，拓展自己的爱好，相互扶持，相互鼓励，共同进步，努力创作更多更好的作品，共同迎接更加美好的明天！

谭清涛

2024年5月23日于轨道大楼

铿锵三人行

「隧」口「道」来的词·情·意

目录

轨道篇 001

如梦令	新宫车辆段	002
西江月	牡丹园	003
清平乐	平安里	004
卜算子	太平桥	005
忆秦娥	牛街	006
采桑子	积水潭	007
虞美人	北太平庄	008
菩萨蛮	新宫	009

蝶恋花	新发地	010
临江仙	景风门	011
南乡子	草桥	012
念奴娇	十九号线	013
点绛唇	贺十九号线全线开通	015
一剪梅	贺十九号线开通两周年	016
如梦令·诉衷情·点绛唇	贺大兴机场线开通三周年	018

冬奥篇　019

如梦令	冬奥开幕	020
如梦令	冬奥首金	021
如梦令	冬奥二金	022
如梦令	冬奥三金	023
如梦令	冬奥四金	024
如梦令	自选动作	025
如梦令	冬奥五金	026
如梦令	冬奥六金	027
如梦令	冬奥七金	028
如梦令	冬奥八金	029
如梦令	冬奥九金	030
如梦令	冬奥闭幕	032

节气篇 033

渔歌子	惊蛰	034
渔歌子	春分	035
渔歌子	清明	036
渔歌子	谷雨	037
相见欢	立夏	038
相见欢	小满	039
相见欢	芒种	040
相见欢	夏至	041
点绛唇	小暑	042
点绛唇	大暑	043
点绛唇	立秋	044
点绛唇	处暑	045
诉衷情	白露	046
诉衷情	秋分	047
诉衷情	寒露	048
诉衷情	霜降	049
少年游	立冬	050
少年游	小雪	051
少年游	大雪	052
少年游	冬至	053

浣溪沙	小寒	054
浣溪沙	大寒	055
浣溪沙	立春	056
浣溪沙	雨水	057

节日篇 059

如梦令	劳动节	060
如梦令	青年节	061
如梦令	母亲节	062
清平乐	儿童节	063
清平乐	端午节	064
西江月	端午节	065
如梦令	父亲节	066
西江月	中秋节/教师节	067
清平乐	国庆节	068
卜算子	重阳节	069
卜算子	小年	070
如梦令	除夕	071
如梦令	春节	072
如梦令	元宵节	073
玉楼春	元旦	074

事件篇　075

如梦令	女足亚洲杯夺冠	076
如梦令	神十三返回	077
如梦令	神十四发射	078
如梦令	高考	079
满江红	党的二十大开幕	080
如梦令	神十五发射	082
如梦令	神十四返回	083
如梦令	阳	084
如梦令	阿根廷世界杯夺冠	085
如梦令	阴	086
小重山	贺京投公司二十周年	087
鹊桥仙	兄弟相会	089
眼儿媚	兄弟合影	091
钗头凤	三年	092

随笔篇　093

（一）谭远振

如梦令	检修	094
如梦令	坝河早	094

清平乐　志愿	094
少年游　周口店	095
如梦令　河边理发	095
如梦令　头伏	096
忆江南　五十岁生日聚会	096
少年游　石林峡	097
少年游　石经山	097
少年游　古北水镇	098
如梦令　相见	098
如梦令　徒步	099
十六字令　植树日春雨有感	099
踏莎行　房山长沟国际徒步大会	099
满江红　庆建党百年	100
踏莎行　大兴永定河半程马拉松	100
踏莎行　武清半程马拉松	101
踏莎行　奥森福龙	101
玉楼春　东城新年诗会	102
玉楼春　炭火	102

（二）路清泉

水调歌头　莲花山	103
水调歌头　明灯	104

如梦令	母校生日	104
清平乐	居家	105
忆江南	化燕	105
如梦令	访谈	105
鹊桥仙	鹊桥会	106
声声慢	秋寒向晚	106
满江红	秋雨连绵	107
少年游	阿根廷首场小组赛	108
如梦令	阿根廷半决赛	108
浣溪沙	临镜路	108
如梦令	九九	109
卜算子	女神节	109
卜算子	升五段	110
小重山	规证完结	110
踏莎行	英语等级考试	111
踏莎行	奥森福龙	111
小重山	贺十七号线北段通车	112
十六字令	词	112

（三）寇鼎涛

| 如梦令 | 游莲湖公园 | 113 |
| 渔歌子 | 梧桐花 | 113 |

如梦令	甥女满十一	113
相见欢	春暮微凉	114
相见欢	暮春夜雨	114
清平乐	驻守同忙	114
西江月	芒种	115
如梦令	夜雨吐芬芳	115
诉衷情	小女背书忙	115
诉衷情	游陶然亭公园	116
少年游	逐梦启新篇	116
满江红	新年寄语	117
卜算子	响春雷	117
少年游	游香山	118
点绛唇	清明游园	118
卜算子	斗艳	118
满江红	百战归来再读书	119
踏莎行	雪后游大观园	120
十六字令	诗	120
忆江南	偶感	120

后记 …………………………………… 121
附录 …………………………………… 123

轨道篇

铿锵三人行

『隧』口『道』来的词·情·意

新宫车辆段

2020
09.11

（一）

联创四方共建，优势融合凸现。
党建促工程，会诊通车隐患。
同盼，同盼，准点运营上线。

（二）

车辆段中察看，钢铁丛林留念。
党建创平台，系起四方联线。
同愿，同愿，要把通车实现。

（三）

建设运营监理，加上施工一起。
共架四方台，党建引擎发力。
同气，同气，描绘综合基地。

西江月 牡丹园

2020 10.30

（一）

进度安全质量，赢得荣誉满堂。
牡丹车站保通忙，附属仍需开创。

建设施工监理，运营设计磋商。
五方协作意犹长，党建指明方向。

（二）

头顶元都遗址，肩扛小月新河。
牡丹园里计通车，关键筹谋西侧。

规划风亭出口，景观别具一格。
纵然无奈改抉择，姿态仍求独特。

（三）

小月河边永驻，花园路下长泊。
牡丹园站换乘多，四口平直通过。

庚子金秋报喜，工程主体完活。
目标节点不能挪，还望拆迁突破。

铿锵三人行

『隧』口『道』来的词·情·意

清平乐

平安里

2021
01.21

（一）

换乘三线，千盏灯发艳。
围绕中心抓党建，铸就平安车站。

工期分秒须争，方案优化提升。
五方聚首同议，护航轨道运营。

（二）

五方一起，相会平安里。
党建观摩心欣喜，经验详实交底。

钢管焕发新生，棚盖引领行风。
最靓装修方案，高悬千盏明灯。

（三）

金水河绕，泄洪平安道。
疏解城区埋深小，拱顶棚盖奇妙。

车站装饰妖娆，明灯千盏昭昭。
党建前台引领，基层劳苦功高。

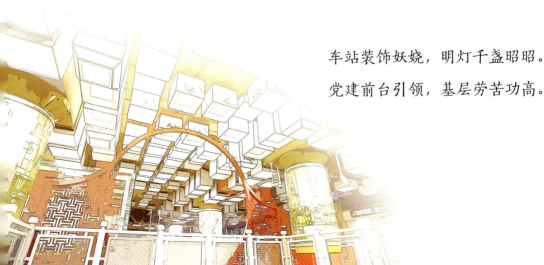

卜算子

太平桥

2021
02.08

（一）

古树近旁挖，护好枝和权。
地处金融商务区，附属同规划。

止水不言难，险阻无须怕！
上下齐心士气高，党建功劳大。

（二）

选址太平桥，见证清槐树。
守望八中遇二龙，造就民生路。

有水莫慌张，设计来服务。
钻孔边桩紧咬合，重在垂直度。

（三）

全网靓装修，设计功劳大。
深度融合一体出，规划迟迟下。

附属建成难，风动机能差。
设想临时地面亭，描绘通车画。

牛街

2021
02.08

（一）

牛街站，三桁两柱三层建。

三层建，富石多水，降排不断。

区间盾构高风险，始发分体穿三线。

穿三线，四格一网，安全称赞。

（二）

长椿玮，清真古寺牛街璀。

牛街璀，下沉庭院，整合东北。

专修管道疏干水，三层逆筑终无悔。

终无悔，设施齐备，内装精美。

（三）

牛街站，长春寺外铁军建。

铁军建，志存高远，气冲霄汉。

施工降水优方案，建成车站新期盼。

新期盼，为民服务，造福沿线。

采桑子

积水潭

2021
03.29

（一）

明挖盖上防尘舍，绿色安全。
奋战三年，建筑浮出积水潭。

暗挖平顶直墙险，探测超前。
技术攻坚，形变微毫穿二环。

（二）

新街口北七条处，轨道交通。
绿色施工，车站明挖盖罩棚。

拆除既有原结构，改善功能。
品质提升，积水潭边展企风。

（三）

曾经漕运繁华处，积水潭边。
罩盖高悬，轨道交通建设难。

一级风险平安过，附属攻艰。
力克拆迁，正点通车喜笑颜。

轨道篇

铿锵三人行

『隧』『口』『道』来的词·情·意

虞美人

北太平庄

2021
04.18

（一）

东临城建西边戍，北太平庄路。
施工进场步维艰，围挡面积狭小组织难。

暗挖排水增专洞，沉降安全控。
换乘双线一同修，方便八方来客是追求。

（二）

京师远望依城建，北太平庄站。
交叉两线划丁形，水下开挖深度占头名。

才将轨面抬一米，又变弧形底。
前期事项困难多，设计攻关结构做依托。

（三）

东西南北交叉建，北太平庄站。
水深加上地难征，设计施工优化保提升。

前期瓶颈终突破，风险安全过。
开通载客兑初心，实现换乘双线更需拼。

菩萨蛮 新宫 2021/07.12

（一）

三层五柱新宫站，密贴既有通车线。
大断面施工，导洞逐个通。

三维可视化，交底二维码。
地下静悄悄，信息技术高。

（二）

新宫四线连双岛，便民服务规划早。
出入段区间，东西列两边。

密贴基底过，平顶直墙做。
盾构抵明挖，吊装再始发。

（三）

新宫起点东西站，换乘三线交通便。
出入口十余，预留物业区。

前期虽缓慢，后续直追赶。
不日即完工，定能年底通。

轨道篇

铿锵三人行

「隧」「口」「道」来的词·情·意

蝶恋花 新发地 2021 07.17

（一）

首站开工出口景，装配施工，技术专家挺。
构件拼装无翘倾，相连加固螺栓拧。

庭院葡萄藤缀顶，剔透晶莹，满地斑斓影。
物是人非无盛请，举杯酌饮三人醒。

（二）

装配研究多创意，现场实施，首选新发地。
监理严格查隐蔽，车间制作精良器。

试点拼合无定例，暗自琢磨，巧妙诚难觅。
厂内加工清水系，硅烷浸渍防污剂。

（三）

地处城南一宝地，海子墙边，历史悠悠忆。
普度慈航民顺意，出行地铁初心记。

新线改革研创意，试点多磨，还选新发地。
装配实施清水系，施工完毕留神气。

 景风门 2021 07.25

（一）

外挂换乘方案变，工期受制拆迁。

景风门站创新篇。倒厅风险大，管幕保平安。

四铁三河顺利过，两桥一寺平穿。

追加盾构战区间。洞通得保障，苦尽换甘甜。

（二）

右外关厢新指引，暗挖车站双层。

倒厅方案过初评。浅埋邻电热，管幕做支撑。

附属工程一体化，优先轨道功能。

便民服务设施亨。景风门故里，地铁促更生。

（三）

手续难成延破土，洞通迟缓忧愁。

铁军右外望京投。安全风险大，一刻不停留。

老旧平房添困扰，景风门站难修。

各方同调细工筹。初心不褪色，轨道解民忧。

轨道篇

铿锵三人行

『隧』口『道』来的词·情·意

南乡子

草桥

2021
08.01

（一）

唯有草桥难，标段接连风险源。

京沪京山京开路，下穿。马草河流分两边。

折返在南端，三线换乘两洞连。

十九开通机场贺，今年。无畏精神永向前。

（二）

双线共坑槽，建设规模数草桥。

钢构偏差知几许？丝毫。精准安装紧固牢。

机场引新潮，十九通车正起锚。

修好接驳坊内路，三条。穿越京开破土凿。

（三）

曲线巧装潢，双站同厅建设忙。

庆祝建国需献礼，声张，十九通车贡献强。

钢架草桥装，马草河边战线长。

通道站台全亮相，应当，轨道交通创辉煌。

念奴娇 十九号线　2021.08.08

（一）

飞驰南北，虎鲸号，轨道运营十九。

十座车站八换乘，新线客流居首。

南起新宫，抵达北牡，快速区间走。

智能交通，市民夸不绝口。

党建指引方向，百年厚礼，功绩永不朽。

五环六河十四铁，穿越平安无偶。

精细施工，精心设计，才技高八斗。

二期支线，再迎各界朋友。

（二）

贯达南北，快车速，十九前茅名列。

接力大兴机场线，深受市民关切。

棚盖出新，景观一体，终把难题解。

开工令下，五年流汗流血。

铿锵三人行

「隧」口「道」来的词·情·意

盾构呼啸推行,跨穿环路、地铁和国铁。

河道桥梁依次过,风险排除消灭。

节点完成,虎鲸高唱,轮轨声漂撇。

运营当日,定格青史一页。

(三)

顺通南北,跨七线,八座换乘车站。

高铁六河十地铁,皆是特级风险。

调整工筹,优化方案,各显神通建。

集中兵力,保区间动调点。

牢记使命初心,克服余患,附属一一办。

十九难题全破解,年底运营全线。

精美装修,稳中求变,力保网红面。

通车宏愿,要国民更方便。

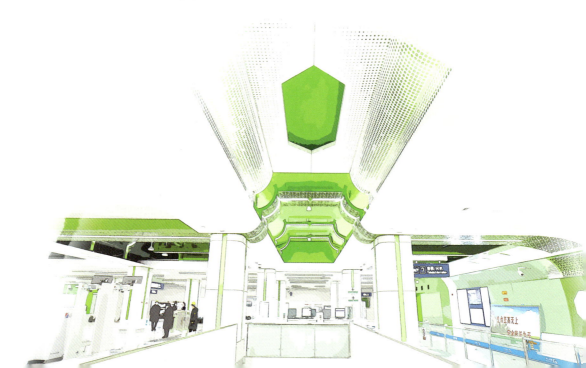

点绛唇　贺十九号线全线开通

2022.07.30

（一）

时至年中，剩余四站开通赞。

千呼万盼，十九通全线。

轨道运营，铁粉丝超万。

祈新愿，目标实现，众志齐征战。

（二）

朋友圈中，刷新十九皆称赞。

触屏流盼，四站通全线。

五载倾心，轨道人千万。

兑初愿，风格展现，取胜攻坚战。

（三）

昨日官宣，瞬时网络呼声赞。

半年期盼，越过双高线。

四站开通，乘客增千万。

发宏愿，功能兑现，披甲辉煌战。

铿锵三人行

『隧』口『道』来的词·情·意

贺十九号线开通两周年

2023
12.31

（一）

十九开通整两年。

纵贯京华，南北相联。

高颜值轨道交通，

缩短间隔，延运时间。

勇立潮头敢争先。

美好追求，舒适安全。

高科技品质融合，

历久弥坚，开创新篇。

（二）

十九开通整两年。

回首当初，恍若昨天。

二期线路勇争先。

上罢高一，备考高三。

艰苦卓绝苦变甘。

荟萃京华，打卡新欢。

景风门站战犹酣。

破解难题，写下诗篇。

（三）

十九开通整两年。

同期建设，奋勇争先。

造福沿线肯担当，

不忘初心，引领风帆。

昨日欢呼杯酒干。

重回榜首，激励来年。

二期规划目标明，

同创辉煌，共筑福安。

贺大兴机场线开通三周年

铿锵三人行

"隧"口"道"来的词·情·意

2022 / 09.25

（一）如梦令

莫道白鲸年少，拥有智能头脑。
载客创新高，实现四八混跑。
知晓，知晓，轨道运营维保。

（二）诉衷情

秋风瑟瑟叶青青，露重润白鲸。
三年往返机场，建运获双赢。

欣体验，派尖兵，有美名。
对标空运，接轨雄安，高铁平行。

（三）点绛唇

秋色宜人，凤凰展翅扶摇上。
回眸观望，轨道新方向。

千日运营，并入蓝图框。
白鲸壮，沿途高唱，定把辉煌创。

冬奥篇

铿锵三人行

『隧』口『道』来的词·情·意

冬奥开幕

2022
02.04

（一）

低碳简约环保，要属北京冬奥。

人数创新高，火炬点燃奇妙。

荣耀，荣耀，双奥市民骄傲。

（二）

今夜春心激荡，冬奥健儿登场。

竞技不留情，冰雪使人高亢。

希望，希望，骄子题名金榜。

（三）

骄傲自豪荣耀，金虎立春冬奥。

五环破冰出，中外顿时欢闹。

嬉笑，嬉笑，共享未来情调。

冬奥首金

2022
02.06

（一）

团体混合接力，两女两男争气。
夺奥运金牌，大靖可新哭泣。
情系，情系，短道速滑佳绩。

（二）

冬奥首金珍贵，短道速滑团队。
大靖带头人，优势领先消退。
防备，防备，身后亚军袭位。

（三）

短道速滑接力，动魄惊心合技。
险获首金牌，冬奥健儿惊喜。
争气，争气，再创更高佳绩。

冬奥篇

铿锵三人行

「隧」口「道」来的词·情·意

冬奥二金

2022
02.07

（一）

短道速滑千米，选手犯规不已。

决赛更离奇，出发五圈重比。

雄起，雄起，祝贺子威头椅。

（二）

男子短滑千米，三朵红云飘起。

混血两胞胎，当属最强侪匹。

惊喜，惊喜，包揽金银合理。

（三）

千米短滑严判，意外子威夺冠。

冬奥破零金，观众万民呼唤。

如愿，如愿，后续赛程期盼。

如梦令

冬奥三金

2022
02.08

（一）

大跳台滑雪赛，谷爱凌得头彩。

场上玉娇龙，难度大而豪迈。

真帅，真帅，誉满众人狂爱。

（二）

决赛自由滑雪，飞起跳台狂野。

谷女爱凌空，京燕旋翻拂掠。

无解，无解，冬奥史书留帖。

（三）

混血女青精干，滑跳自由惊艳。

弱项暂头魁，冬奥又添期盼。

夺冠，夺冠，独挡空缺一面。

冬奥四金

2022
02.12

（一）

速度滑冰七组，亭宇有如猛虎。

南岔老乡牛，奥运纪录作古。

高府，高府，今夜载歌载舞。

（二）

速度滑冰五百，亭宇称雄决赛。

纪录创新高，冲刺身姿真帅。

飞快，飞快，夺取金牌添彩。

（三）

男子速滑豪迈，全场亭宇飞快。

突破再添金，冬奥梦圆冰带。

期待，期待，后续更加气派。

自选动作

2022
02.13

（一）

寅虎年元宵闹，全世界迎冬奥。

栓子勇夺金，公主爱墩墩抱。

真妙，真妙，中大奖开怀笑。

（二）

冬奥高山滑雪，滑降纵身一跃。

雪杖手中拿，回转旗门精确。

无懈，无懈，扬起雪花浓烈。

（三）

场馆国歌高唱，速度滑冰回荡。

亭宇创新高，呐喊瞬时嘹亮。

豪放，豪放，历史纪元新创。

铿锵三人行

『隧』口『道』来的词·情·意

冬奥五金

2022
02.14

（一）

冬奥四朝元老，女子空中技巧。

廿载始夺金，今夜梦桃荣耀。

回报，回报，退役莫说还早。

（二）

滑雪空中技巧，四届巾帼元老。

挑战不停息，终给梦桃回报。

尖叫，尖叫，云顶为她欢笑。

（三）

女子空中技巧，难度选择不小。

徐女首摘金，四届梦圆冬奥。

荣耀，荣耀，云顶为之骄傲。

冬奥六金

2022
02.15

（一）

今日翊鸣夺冠，表现相当惊艳。

年岁仅十七，淡定始终没变。

无限，无限，精彩让人留恋。

（二）

单板跳台滑雪，男子竞争激烈。

小将翊鸣优，翻转五圈无懈。

飞跃，飞跃，填补空白一页。

（三）

单板神兵滑雪，斩获魁元惊鹊。

小伙近十八，一跳定格名册。

飞掠，飞掠，霸气少年登岳。

铿锵三人行

『隧』口『道』来的词 · 情 · 意

冬奥七金

2022
02.17

（一）

世界第一难度，决赛有如神助。

战四届奥运，今晚广璞着陆。

回顾，回顾，胜在降低失误。

（二）

云顶又传捷报，名将广璞骄傲。

技巧比空中，分数最高一跳。

宣告，宣告，新任冠军风貌。

（三）

加速腾空翻转，苏北广璞滑炫。

冬奥又摘金，云顶梦圆实现。

回看，回看，老将技术精湛。

冬奥八金

2022
02.18

（一）

龙女十八兵器，公主爱凌发力。

三项俱得牌，夺冠堪称奇迹。

难觅，难觅，铁杆粉丝超亿。

（二）

云顶雪花飘荡，专等爱凌登场。

两跳最高分，优势看谁能挡。

真棒，真棒，精彩令人难忘。

（三）

赛事即将结束，少女空中炫酷。

冬奥斩双金，混血断层逐鹿。

无误，无误，精彩瞬间留住。

冬奥九金

2022
02.19

（一）

葱桶组合坚守，冰上时间长久。

为奥运收官，战胜各国高手。

知否，知否，仍是至亲朋友。

（二）

冰上舞姿舒展，音乐放松平缓。

花样自由滑，文静韩聪加冕。

追赶，追赶，圆梦意足心满。

（三）

金九收官冬奥，韩静组合绝妙。

上演双人滑，惊艳数国名翘。

尖叫，尖叫，终获冠军骄傲。

冬奥篇

冬奥闭幕

2022
02.20

（一）

莫道青春年少，恰是风华正茂。

全项目参加，金九探花荣耀。

双奥，双奥，举重若轻天道。

（二）

"天下一家"精细，焰火"五环"严密。

点亮手中光，折柳寄情传意。

铭记，铭记，高举国旗合力。

（三）

冰雪如花娇艳，五彩缤纷招展。

舞动主旋律，折柳送别观演。

惊险，惊险，荣获探花圆满。

节气篇

铿锵三人行

『隧』口『道』来的词·情·意

渔歌子

惊蛰

2022
03.05

（一）

蓝天碧水傲白杨，游客野鸭各徜徉。
春水暖，蜡梅香，不负韶华奥运强。

（二）

冬残奥会幕拉出，人大政协各自督。
龙翘首，百虫苏，榜样雷锋浩气舒。

（三）

河边旧柳泛青黄，一抹迎春冷傲香。
惊万物，醒八方，乍暖还寒遍地芳。

春分

2022
03.20

（一）

残冬不忍告别春，狂撒琼花造气氛。
鸡蛋立，过春分，燕舞莺啼昼夜均。

（二）

松杉属意小黄花，新叶陈枝罩羽纱。
春日煦，暖风刮，分送城乡千万家。

（三）

河边嫩柳舞白纱，隔夜春寒冻脸颊。
冬已去，赏千花，暖暖东风抵万家。

铿锵三人行

『隧』口『道』来的词·情·意

清明

2022
04.05

（一）

文明祭扫树新风，东坝河边去踏青。

挖野菜，赏琴声，喜看花红柳绿增。

（二）

窗前喜鹊叫喳喳，家里开出富贵花。

今爱女，满十八，锦绣前程等待她。

（三）

清明未雨雾朦胧，思绪流连睡梦中。

观柳绿，赏花红，夜半无声忆更浓。

渔歌子

谷雨

2022
04 . 21

（一）

阳春四月絮纷飞，温度回升盛夏归。
鸣布谷，豆瓜催，雨后禾苗日渐肥。

（二）

河渠水草伴浮萍，山色青青布谷鸣。
春雨润，保墒情，落絮游丝雪未凝。

（三）

杨花乱舞柳成荫，飞絮如麻自古今。
风欲坠，鸟归林，谷雨来临景象新。

铿锵三人行

"隧"口"道"来的词·情·意

立夏
2022
05.05

（一）

五一长假闭关,测核酸。
初夏高温燥热盼平安。

行酒令,赏美景,等官宣。
待到疫情散去再言欢。

（二）

园区昨夜值班,诵诗篇。
立夏时节晨起跑八圈。

中速配,汗浃背,透衣衫。
增进体能防疫记心间。

（三）

气温突感回升,促耕耘。
连日社区值守为亲朋。

梧桐坠,槐香碎,绕青藤。
绿树阴浓夏日赛花红。

相见欢

小满

2022
05.21

（一）

清晨早起读书，再出屋。
志愿社区服务做监督。

小满至，炎热季，烤肌肤。
烈日高温战疫病毒除。

（二）

核酸检测频繁，问苍天：
抗疫何时全胜复从前？

时小满，麦浆灌，待丰年。
增产粮食百姓尽开颜。

（三）

忽闻月季飘香，满厅堂。
小院石榴花艳泛红光。

齐应对，疫情退，乐无双。
共享太平盛世万民康。

铿锵三人行

『隧』口『道』来的词·情·意

相见欢

芒种

2022
06.06

（一）

疫情渐去无疑，可堂食。
宾客相约酒肆不低迷。

芒种到，天气燥，莫着急。
高考学生迎刃解难题。

（二）

金黄麦穗飘香，打新粮。
喜获丰收人面泛红光。

芒种谷，玉蜀黍，夏耕忙。
牢记出身农事刻心房。

（三）

榴花香艳宫墙，夏农忙。
布谷啼鸣幽怨待收粮。

麦芒碎，稻穗坠，入官仓。
数月疫情尽散满庭芳。

夏至

2022
06.21

（一）

公司入住新宅，壁墙白。
夏至高温酷热暑难捱。

昼变短，夜来战，莫徘徊。
打造百年老店释胸怀。

（二）

滔滔热浪来袭，令人疲。
日照北回归线昼长极。

时夏至，梦好事，选心仪。
静待查询排位解开谜。

（三）

牛街小院花香，晒瓜黄。
驻场月余相望共研商。

夏至近，节气印，面食凉。
期待疫情消退沁心房。

节气篇

铿锵三人行

『隧』口『道』来的词·情·意

小暑

2022
07.07

（一）

酷暑高温，正逢小女生辰日。
学期考试，待报佳音喜。

挥动羽球，湿透衣如洗。
在一起，中年男子，出汗燃烧脂。

（二）

盛夏君临，高温笼罩犹蒸煮。
今方小暑，来日知多苦。

热浪袭城，硬把凉风阻。
论英武，开岩破土，轨道人当属。

（三）

连日阴云，风停雨住晴空照。
天蓝甚妙，万里纱衣俏。

小暑今临，酷热高温到。
群星耀，举杯欢闹，畅饮凉茶笑。

大暑

2022
07.23

（一）

周六加班，四环路上车无阻。
今天大暑，炎热如蒸煮。

段内打球，乒羽篮全部。
击中股，连声诉苦，小女夯基础。

（二）

雨过天晴，迎来大暑新温度。
公园跑步，汗水湿衣裤。

高铁京承，上跨桥梁筑。
便民路，周边兼顾，东坝七棵树。

（三）

夜雨突袭，三五结伴狂声语。
晨起轻雾，欲把毒光阻。

仲夏难移，午后迎蒸煮。
似猛虎，话梅消暑，酒过三巡舞。

铿锵三人行

『隧』口『道』来的词·情·意

点绛唇

立秋
2022
08.07

（一）
一候凉风，火锅羊肉温食补。
二候白露，早稻丰收谷。

三候寒蝉，鸣叫相思苦。
秋老虎，燥如水煮，凉爽须出暑。

（二）
阵雨连连，高温渐减秋初立。
转折节气，凉热轮流替。

见证姻缘，顺遂心中意。
甜腻腻，如糖似蜜，恩爱无人避。

（三）
细雨迎秋，卧听雨打纱窗夙。
寒蝉哭诉，泪洒辛酸路。

追忆悠悠，六载须回顾。
虎鲸怒，沿途高速，通往平安处。

处暑

2022
08.23

（一）

处暑秋凉，绵绵细雨拂尘柳。

汛期值守，车站区间走。

现场巡查，隐患均没有。

遇好友，不能饮酒，心痒当知否。

（二）

处暑时节，秋高气爽终炎酷。

清晨赶路，报到别耽误。

卸下行囊，红果园中住。

双培促，学习进步，莫把韶华负。

（三）

风卷云舒，登高眺远时节到。

途中嬉笑，三五言欢闹。

处暑迎秋，酷热随之跑。

晴空照，鹰翔雁俏，好把鱼儿钓。

节气篇

铿锵三人行

"隧"口"道"来的词·情·意

诉衷情

白露

2022
09.07

（一）

仲秋渐近日增凉，大雁启归航。
温差昼晚偏大，白露已为霜。

节气至，赏菊黄，夜变长。
疫情难灭，独倚栏窗，凭吊忧伤。

（二）

秋风瑟瑟叶青青，露重润白鲸。
穿梭马草河畔，咫尺玉泉营。

机场线，树标兵，有美名。
过街通道，筹备三年，终可施行。

（三）

秋高气爽雁高翔。半载虎鲸狂。
沿途画面惊艳，称赞最辉煌。

白露降，话秋凉，吐芬芳。
碧空如洗，红叶飘香，同寿无疆。

秋分

2022
09.23

（一）

凉风乍起入秋分，昼短夜低温。
秋高气爽云淡，天冷似初春。

棉被盖，忆思亲，念家人。
愿亲无恙，康健体身，思念无痕。

（二）

秋风乍起夜分明，万里碧空宁。
微凉略感天气，父母好出行。

西客站，列车停，舍妹迎。
此番唯愿，疾病查清，神定心平。

（三）

秋风送爽夜忽凉，早起换新装。
河边跑道追影，垂钓泛粼光。

均昼夜，果飘香，赏金黄。
虎鲸呼啸，惊动城乡，神采飞扬。

铿锵三人行

『隧』口『道』来的词·情·意

寒露

2022
10.08

（一）

至寒露气爽风凉，骤冷若冰霜。
深秋落叶遐想，瓜果又飘香。

国庆假，健身忙，历时长。
步行游泳，腰痛扶墙，针灸趴床。

（二）

秋寒露重雾茫茫，水汽泛天黄。
新冠变异顽抗，奥密克戎藏。

呼扁鹊，献香囊，复往常。
荡除瘟疫，协力齐心，群控联防。

（三）

夜凉昼暖又天寒，早晚把衣添。
河边柳树吹动，垂钓老翁欢。

秋已尽，草黄边，露珠连。
路人回首，鸿雁南迁，期盼康安。

霜降

2022
10.23

（一）

秋高气爽湛蓝天，漫步走平川。
冷风骤起横扫，红叶众人观。

霜降日，去登山，抗秋寒。
健康身体，颐养天年，长寿平安。

（二）

神州大地罩霞光，异彩透轩窗。
斯人大任天降，满首染秋霜。

同富裕，享安康，不恐慌。
共和国度，如画江山，穿上新装。

（三）

微风舞动叶飞扬，古树泛金黄。
闲暇往返环顾，寻赏旧时光。

霜降至，露珠凉，桂飘香。
漫山红遍，人海茫茫，同祈安康。

节气篇

铿锵三人行

『隧』口『道』来的词·情·意

少年游

立冬

2022
11.07

（一）

北京开跑马拉松，天气近寒冬。

健儿奋勇，争先恐后，大步向前冲。

疫情严峻游人少，红叶漫坡峰。

饺子团圆，阖家欢聚，温暖在心中。

（二）

星稀月朗耀光芒，银杏叶金黄。

斑驳树影，枝头挺立，健步感冬凉。

新歌旧曲轻音乐，吟啸莫张狂。

把酒言欢，佳肴美馔，浅醉沁心房。

（三）

鸳鸯戏水伴残荷，芦苇续秋歌。

孩童追嬉，彩枫摇坠，翁妪舞嫦娥。

碧空如洗隆冬至，白菜豆腐绝。

酒过三巡，意犹未尽，来日再相约。

小雪

2022
11.22

（一）

天寒长队测核酸，身上厚衣穿。
疫情笼罩，心情郁闷，何日见晴天。

朝阳群众宅家里，网络办公联。
小雪温低，足球闹热，无处不言欢。

（二）

园区遍地叶焦黄，小雪送阴凉。
值班假寐，安全警备，一夜守空床。

清晨快跑十圈整，健体瘦身强。
步道弯弯，吁吁气喘，汗水透衣裳。

（三）

光阴荏苒入冬眠，小雪不觉寒。
红轮雾罩，枝头欢闹，神兽却成仙。

三秋瘟疫还不去，家校亦无招。
期盼来年，阴云尽散，好把病魔抛。

大雪
2022 12.07

（一）
寒风大雪又一冬，河岸现薄冰。
伟人逝世，长街目送，悼念露真情。

三年抗疫终结束，百废待重兴。
不测核酸，无需亮码，出入自由行。

（二）
全球悼念伟人终，大雪孝江翁。
承前启后，继往开来，建不朽丰功。

三年抗疫新机现，政策变宽松。
健体强身，心平气正，胜利在今冬。

（三）
新冠三载止今冬，风雪扫余声。
大江南北，长城内外，举世享华功。

吉时已到升国策，新政万民扬。
踔厉前行，笃行不怠，更待再辉煌！

少年游

冬至

2022
12.22

（一）

复工复产第一天，见面报平安。
今迎冬至，从头数九，身上厚衣穿。

晴空万里阴霾散，风正一帆悬。
痛饮屠苏，花开春暖，看绿水青山。

（二）

勾梅画九日消寒，冬至大如年。
江南岭北，家庭必备，水饺或汤圆。

晴空万里迎阳暖，短昼却无前。
感染新冠，干咳气短，长夜更难眠。

（三）

床头一碗煮姜汤，庆贺体安康。
霞光高照，碧空如洗，虫雀闹晨阳。

一年一度寒冬至，郊外话清凉。
亚岁迎祥，三秋未聚，期待早还乡。

铿锵三人行

『隧』口『道』来的词·情·意

浣溪沙

小寒

2023
01.05

（一）

阴敛之时要护阳，养生保暖气收藏，小寒地上现繁霜。

大疫三年齐祝愿，国人体健又安康，新年玉兔贺吉祥。

（二）

夜色深沉进小寒，银河廖阔月儿圆，星辰大海伴飞船。

大疫三年如阵雨，拨云见日复从前，狂风过后尽开颜。

（三）

岁末年初日历翻，小寒节气雾相连，窗台乌鹊道吉言。

家女总结期末考，成绩中上似从前，初心不改要争先。

大寒

2023
01.20

（一）

百里驱车绕五环，基层慰问润心田，员工领导意相连。
刺猬河边徒步走，晴空天色特别蓝，大寒过后是新年。

（二）

四九寒风大力吹，开车宛似被人推，三环路上莫急追。
轨道园区别午后，接妻信号准时催，平安驾驶箭心归。

（三）

地冻天寒腊月天，晴空万里耀河川，一家老幼巧登山。
抗疫三秋相聚少，今天正是酒酣甜，娘亲姑舅笑开颜。

铿锵三人行

「隧」口「道」来的词·情·意

立春

2023
02.04

（一）

乍暖还寒至立春，碧空万里气升温，步行数里塑强身。
午膳鲜香享小憩，夕阳西下日微醺，坝河美景醉黄昏。

（二）

六九开春送冷冬，棉衣渐褪放轻松，清柔月色照星空。
红领巾桥湖水立，公园跑步乐其中，高歌浅唱向前冲。

（三）

破晓轻装快速行，奥森徒步未排名，身康体健百家宁。
万里晴空观老树，孩童老妪戏寒冰，立春时日觅蜻蜓。

浣溪沙

雨水

2023
02.19

（一）

雨水如约润物苏，茵陈窜绿草根枯，清新空气坝河呼。

两岸春光遮不住，快行慢跑汗漓出，盼求自此病疾无。

（二）

雨水当来昨日知，开车返校路微湿，停停走走眼生眵。

二月春风潜入野，千岩万壑换新衣，浓妆淡抹总相期。

（三）

昨夜狂风散雾霾，今晨惊现蜡梅开，踏青郊外各舒怀。

乍暖还寒又雨水，风和日丽罩云台，青山绿影待春来。

节气篇

铿锵三人行

「隧」口「道」来的词·情·意

节日篇

铿锵三人行

『隧』口『道』来的词·情·意

劳动节

2022
05.01

（一）

晨起微风拂面，排队核酸查验。
早市买蔬回，动手下厨操练。
唯愿，唯愿，全体市民康健。

（二）

劳动光荣节日，严峻疫情形势。
饭店拒堂食，对照抖音尝试。
烧炙，烧炙，羊腿猪蹄鸡翅。

（三）

韭菜粉条猪肉，幸有家中能手。
巧做水煎包，模样扁圆皮皱。
熟透，熟透，三四五只不够。

青年节

2022
05.04

（一）

热血青年敌忾，五四精神国爱。

看后浪传承，踔厉奋发不怠。

一代，一代，伟大复兴豪迈。

（二）

集会游行呼号，还我山东青岛。

请愿拒签约，展现青年风貌。

宣告，宣告，无愧民族骄傲。

（三）

五四青春荣耀，值守不求回报。

瘟疫已三年，中外竞相发酵。

微妙，微妙，烦恼定能抛掉。

铿锵三人行

『隧』口『道』来的词·情·意

如梦令

母亲节

2022
05.08

（一）

与母离多聚少，直至耄耋之媪。
病逝在中元，子女痛失一老。
祈祷，祈祷，您在那边安好。

（二）

慈母手中针线，儿女一生依恋。
尽孝报亲恩，可叹许多亏欠。
思念，思念，期盼眼前相见。

（三）

和蔼可亲精干，年过六旬依恋。
慈母为儿孙，早起晚休习惯。
陪伴，陪伴，共祝硬朗康健。

儿童节

2022
06.01

（一）

中年老爸，唠唠儿童话。
四个孩儿都长大，逐个点评不落。

谭璐成绩卓然，诗涵书法非凡。
最爱腾博勇敢，筱妍高考冲关。

（二）

儿童节热，放假居家乐。
欢庆今天无网课，不忘核酸检测。

亲子运动加油，仰卧屈腿接球。
背对双人传物，一摇一跳多牛。

（三）

欢声笑语，姐弟三人曲。
千里神聊同乐趣，比个高低难许。

老大书法钻研，老二满腹诗篇。
最小舞姿骄傲，取长补短欣然。

节日篇

铿锵三人行

『隧』口『道』来的词·情·意

清平乐 端午节

2022
06.03

（一）

端午理发，河畔之东坝。
师傅操着东北话，干剪水平不差。

鸡蛋粽子海鲜，艾草挂在门边。
播放离骚一曲，过节莫忘屈原。

（二）

时逢端午，打败新冠虎。
面壁七天屈指数，解禁敲锣打鼓。

今日温课离骚，文笔直似尖刀。
斩断萧茅艾草，投身万里波涛。

（三）

端午香粽，错把西江颂。
兄弟三人相约共，同曲惊鸿灵动。

老大指引词牌，二哥文笔合拍。
吾本完成最快，细论辩笑开怀。

西江月

端午节

2022
06.03

（一）

晨起河边理发，方舱检测核酸。

驱瘟艾草挂门边，下午惊闻又现。

节日菜肴丰盛，粽子鸡蛋海鲜。

端午莫忘祭屈原，播放离骚数遍。

（二）

端午清晨高兴，健康绿码归还。

闭门七日抗新冠，结果得偿所愿。

窗外阳光明媚，心情爽快挥拳。

下楼排队测核酸，备考流程玩转。

（三）

五色花绳手链，粽香庭院飘然。

儿时犹记艾高悬，晨起解馋为盼。

邻里之间问好，平添热闹非凡。

如今千里品咸甜，共祝平安康健。

节日篇

铿锵三人行

『隧』口『道』来的词·情·意

父亲节

2022
06.19

（一）

老父年逾迟暮，平日念经食素。
身健体安康，儿女无须多助。
参悟，参悟，福寿此心安处。

（二）

之一

年近八十严父，身体健康如故。
二老在家乡，携手扶持相互。
遥祝，遥祝，长寿增福添禄。

之二

儿子登台描述，分享父亲陪护。
眼睑受伤时，老爸定神关顾。
康复，康复，挑选心仪礼物。

（三）

之一

夜半无眠游院，电闪雷鸣风颤。
雨打父亲节，旧事眼前回看。
翻遍，翻遍，遥祝体安康健。

之二

糖醋猪排香艳，望父共同尝鉴。
小女电询归，驻场不能私换。
遥看，遥看，色味俱全称赞。

中秋节 / 教师节

2022
09.10

（一）

重教尊师节日，良辰好景中秋。
假期三日在家休，品味佳肴美酒。

郊野公园跑步，林间曲径通幽。
羽拍挥舞扣杀球，老将精神抖擞。

（二）

清早超音集训，八人赛制踢球。
调兵排阵用阳谋，教练平衡攻守。

当午北交团聚，阖家庆祝中秋。
问询闺女几多愁，高数微分难否？

（三）

窗外蚊虫嗡叫，佳人室内团圆。
金秋瓜果脆香甜，月饼恩师亲点。

回想儿时嬉笑，葡萄架下寒暄。
一家老小颂婵娟，把酒言欢祝愿。

铿锵三人行

『隧』口『道』来的词·情·意

清平乐 · 国庆节
2022
10.01

（一）
古北水镇，浓郁江南韵。
傍水依山空气润，红叶蔓延更劲。

夜宿司马台村，国庆美酒诵今。
山雾清新气爽，仙居谷里晨奔。

（二）
欢度国庆，合唱男声奉。
共赏中山音乐境，交响引人入胜。

管制广场周边，停车分外艰难。
地铁前门工地，还须徒步八千。

（三）
中央广场，锣鼓喧天响。
地北天南齐欢唱，旋律铿锵激荡。

上午工地排查，下午冒雨涂鸦。
傍晚骑行环绕，再听爱我中华。

卜算子

重阳节

2022
10.04

（一）

秋日北风寒，又是重阳到。
养育之情要感恩，儿女应知孝。

百善孝为先，父母无求报。
只愿家人快乐多，体健没烦恼。

（二）

晨跑意犹酣，饭后骑车走。
郊外辞青共此时，敬老逢重九。

送暖御秋凉，会面东门口。
祈愿家慈复往常，广场秧歌扭。

（三）

晨起送狂风，万里晴空静。
无事相约赛体能，游走郊区应。

挥汗巧辞青，三五言欢兴。
遥祝家严体健康，共饮刘伶庆。

卜算子·小年

铿锵三人行

"隧""口""道"来的词·情·意

2023 01.14

（一）

岁末近春节，冬日寒风啸。
户外游玩见暖阳，冰雪童嬉闹。

回忆旧时光，欢乐知多少。
老友相逢过小年，往事提方晓。

（二）

兄弟上门来，水果烧鸡带。
饺子皮薄半透明，猪肉和白菜。

有酒不能喝，吐诉别责怪。
乐在心中过小年，玉兔身边在。

（三）

寒夜啸狂风，窗外残枝颤。
晨起阳台远眺东，欲把红轮见。

玉兔半边藏，讥笑阴云变。
三九年关腊月天，除旧迎新赞。

除夕

2023
01.21

（一）

饺子年糕酥肉，排骨鳜鱼炸藕。

年夜大团圆，畅饮半斤白酒。

依旧，依旧，春晚演出独秀。

（二）

除去一身憔悴，迎取新年祥瑞。

韭菜自家栽，味道更加香脆。

珍贵，珍贵，亲友视频相会。

（三）

欢聚一堂结对，酒过三巡微醉。

家小话团圆，整宿不觉疲惫。

欣慰，欣慰，老幼共迎新岁。

节日篇

铿锵三人行

『随』『口』『道』来的词·情·意

春节

如梦令

2023
01.22

（一）

正月初一寒冷，冰上游玩骁勇。

午饭未及食，博物馆中观影。

高兴，高兴，丰盛晚餐欢庆。

（二）

群里红包哄抢，节日氛围高涨。

美酒配佳肴，饮下半斤八两。

回想，回想，多少青春流淌。

（三）

瓜子花生鞭炮，节日气氛营造。

炉火烫金橘，兄妹戏说玩笑。

嬉笑，嬉笑，癸卯大年欢闹。

元宵节

2023
02.05

（一）

五彩元宵吃好，游泳健身修脚。

街上路人稀，礼炮烟花声少。

明皎，明皎，皓月夜空高照。

（二）

之一

街上灯光如昼，家里鲜有相候。

韭菜长新茬，味道清香依旧。

神佑，神佑，慈母添福增寿。

之二

明艳嫦娥舒袖，清朗吴刚搬酒。

玉兔降人间，点火送灯福佑。

今后，今后，多少初开情窦。

（三）

之一

故地重游欢快，师友举杯豪迈。

上元竞灯谜，玉兔下凡追赛。

期待，期待，年小技高惜败。

之二

原本四瓶开外，怎奈家师联赛。

遇事早离席，吾等坦言加菜。

休怪，休怪，期待下回欢快。

铿锵三人行

『隧』口『道』来的词 · 情 · 意

玉楼春

元旦

2024
01.01

（一）

元旦清晨约跑步，郊野公园循小路。
天寒地冻厚衣增，脚痛钻心浑不顾。

状态奇佳提配速，万米步伐都算数。
新征途上勇毅行，体健身强岁永驻。

（二）

弦月当空星隐退，郊野公园人两位。
热身微汗放轻松，小步高频心率配。

霜挂肩头湿后背，残雪消融冰踏碎。
环形跑道影相随，元旦同行情宝贵。

（三）

枯柳低垂飞鸟闹，残雪未消冬料峭。
红轮初起洒金光，万物暖流欣喜笑。

新岁启封相向好，健体强身福气绕。
初心不改抢先机，砥砺前行功自到。

事件篇

女足亚洲杯夺冠

2022
02.06

（一）

盘点国足表现，还属玫瑰惊艳。

连克众强敌，逆转绝杀夺冠。

别羡，别羡，赢得奖金千万。

（二）

今夜女足夺冠，动魄惊心捏汗。

逆转最销魂，压哨破除悬念。

如愿，如愿，玫瑰盛开光艳。

（三）

最炫铿锵玫瑰，逆转赢球心醉。

夺冠返巅峰，遗忘瞬时疲惫。

催泪，催泪，期待更佳绝魅。

神十三返回

2022
04.10

（一）

天地遥遥相对，径向对接交会。
快速返回家，半载阔别归位。
难寐，难寐，此景令人陶醉。

（二）

离站登船宣布，天上旅程结束。
快速返回舱，黑障穿行无误。
神助，神助，三位英雄夺目。

（三）

宇宙英雄空坠，动魄惊心催泪。
离地半年余，快速返航归队。
精锐，精锐，多项技能珍贵。

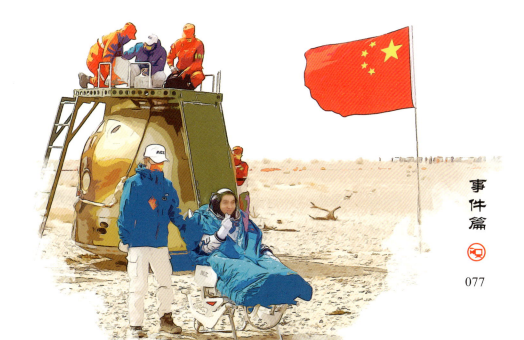

事件篇

铿锵三人行

『隧』口『道』来的词·情·意

如梦令 神十四发射

2022
06.05

（一）

发射技术扛鼎，十四飞船驰骋。
入问梦天舱，建立载人环境。
约定，约定，十五对接欢庆。

（二）

逐梦天宫搭建，十四接班出战。
在轨组空间，大海星辰观看。
称赞，称赞，华夏子孙惊艳。

（三）

点火助燃发令，龙马组合相映。
十四再出征，筑梦九天巡境。
回应，回应，天地举杯同庆。

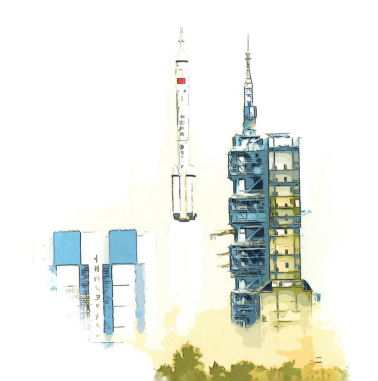

高考

2022
06.07

（一）

回想当年高考，上榜解决温饱。

现在重名牌，家长又增烦恼。

知晓，知晓？能力要强才好。

（二）

天气清凉晴好，红色身边萦绕。

跨过这一关，减少许多烦恼。

高考，高考，击掌加油祈祷。

（三）

十载读书明辨，学海无涯修炼。

高考忆从前，连夜点灯鏖战。

称赞，称赞，榜上有名惊艳。

事件篇

铿锵三人行

『隧』口『道』来的词·情·意

党的二十大开幕

2022
10 . 16

（一）

伟大征程，迎盛会、举国欢庆。

新境界，团结奋斗，繁荣昌盛。

守正创新无止境，脱贫致富攻坚令。

重人才、科教助国兴，相辉映。

新方位，新使命。

新时代，中国梦。

为民谋福祉，惠民决定。

勇毅前行崇正义，从严治党自身硬。

大格局、命运共同体，多国挺。

（二）

翘首欢呼，二十大、寰球瞩目。

蓝天下、万山红遍，千帆争渡。

爱我中华谋伟业，百年风雨英雄伫。

为民族、热血荐轩辕，全无顾。

新时代，求稳步。

脱贫胜，攻坚促。

走康庄大道，一带一路。

绿水青山多净土，自然滋养森林树。

盼海峡、两岸早融合，答国父。

（三）

醉美金秋，回眸望、山深林茂。

壶中酒、推杯换盏，小酌欢闹。

打鼓敲锣迎盛会，彩旗招展随风笑。

代表声、万语又千言，一一道。

新时代，群星耀。

中国梦，传捷报。

未来十余载，港台连澳。

昌盛繁荣同庆贺，全球瞩目国人翘。

享太平、四海降福音，称之妙。

铿锵三人行

『隧』口『道』来的词·情·意

神十五发射

2022
11.29

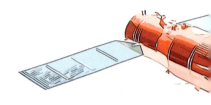

（一）

亿万人民观看，六位太空相见。

重要里程碑，在轨对接轮换。

征战，征战，老将赤心没变。

（二）

零下严寒装配，船体加添棉被。

火箭再提升，可靠指标出类。

舱内，舱内，端坐男神三位。

（三）

昨夜狂风冰冻，十五神舟精送。

在轨共苍穹，闪耀太空轰动。

歌颂，歌颂，分享祖国昌盛。

神十四返回

2022
12.04

（一）

在轨对接交会，十四返回精锐。

六位宇航员，搭建天宫梯队。

拔萃，拔萃，荣誉当之无愧。

（二）

十四英雄回返，天上神仙抬眼。

半载太空游，任务执行圆满。

豪敢，豪敢，风小无需切伞。

（三）

荒漠初冬宁静，十四返航呼应。

靓袄组合拳，圆满完成使命。

欣幸，欣幸，亿万华人欢庆。

铿锵三人行

「隧」口「道」来的词·情·意

阳

2022
12.14

（一）

之一

奥密偷偷侵入，转瞬阳人无数。
多少好儿郎，思过闭门独处。
遥祝，遥祝，朋友健康恢复。

之二

奥密散开迷雾，防疫已然垂幕。
上演大疯狂，直至走投无路。
关注，关注，做好日常防护。

（二）

之一

狭小书房独坐，关闭隔离单过。
点对点出行，不解是何差错？
迷惑，迷惑，心里十分失落。

之二

休道新冠毒弱，防线随时攻破。
寄语眼前人，笑看得失福祸。
阳过，阳过，从此天空海阔。

（三）

之一

夜半口干舌燥，小女高烧哭闹。
三口变群阳，清热解毒丸药。
吞掉，吞掉，披被静观疗效。

之二

窗外狂风呼啸，室内病毒环绕。
整夜不停歇，你往我来厨灶。
瘟闹，瘟闹，何日艳阳高照？

阿根廷世界杯夺冠

2022
12.19

（一）

卡塔尔多哈美，世界杯梅西伟。

五届始称王，征战此生无悔。

拔萃，拔萃，决赛进球堪最。

（二）

之一

决战神杯谋计，天使身姿飘逸。

队长驾雄鹰，展翅多哈福地。

争气，争气，夺冠全凭实力。

之二

潘帕斯鹰雄伟，球场探戈踢腿。

两度被扳平，未把信心摧毁。

攻垒，攻垒，决赛堪称完美。

（三）

戏说梅西夺冠，小女家中评判。

决赛点球赢，对阵两方激战。

神断，神断，一脚射门回炫。

阴

2022
12.21

（一）

奥密准时离去，九日神奇遭遇。

烧过再咳痰，体弱力乏接续。

阴绿，阴绿，期待友朋相聚。

（二）

休养七天阴转，消解周身酸软。

热水缓干咳，奥密克戎疏远。

席卷，席卷，留下亲情温暖。

（三）

窗外霞光高照，喜鹊枝头来报。

复测转为阴，连日病毒抛掉。

嬉笑，嬉笑，重返九楼为妙。

贺京投公司二十周年

2023
11.18

（一）

鼓乐铿锵音绕梁。

京投人汇演，展荣光。

家和文化奏华章。

舞台上，溢彩秀霓裳。

党建领军强。

廿年结硕果，冠同行。

基石精神勇担当。

新时代，逐梦再起航。

（二）

规划蓝图专业强。

二十年喜庆，耀辉煌。

投资建设远名扬。

心服务，三线运营良。

两翼助飞翔。

开发收益好，哺高堂。

京车制造露锋芒。

融四网，科技领军航。

（三）

二十年来交通忙。

东西南北造，沁心房。

首都建设有担当。

一声下，节点万人扛。

重组美名扬。

迎来十四五，绘蓝章。

京投轨道领新航。

初心在，筑梦续辉煌。

兄弟相会

2023
11.18

（一）

铿锵兄弟，今朝相会，

斗酒珍馐美味。

多年相处有真情，

忆往事眼中含泪。

词均百首，汇编成册，

可谓篇篇精粹。

三年成果欲呼出，

待来日千杯不醉。

（二）

三人聚首，红茶美酒，

高架桥边涮肉。

围炉夜话放轻松，

此情景舒心享受。

事件篇

铿锵三人行

『隧』口『道』来的词·情·意

新词索句，搜肠刮肚，
编撰主题通透。
结集筹备已三年，
同谱写收官节奏。

（三）

推杯换盏，欢天喜地。
兄弟仲冬约会。
相逢煮酒论英雄，
甚有意诗词回馈。

闻风听雪，高谈阔论。
未感身心疲惫。
三杯过后问来人，
玉浆进谁能折桂？

兄弟合影

2023.12.22

（一）

地冻天寒正装穿，合影叙言欢。
铿锵兄弟，兴高采烈，风度翩翩。

牛街右外三人照，精品选片难。
正值冬至，堂食饺子，味美汤鲜。

（二）

兄弟三人考察团，合影做书笺。
牛街右外，装修艺术，十九情牵。

时逢冬至如年大，数九算寒天。
出锅水饺，腾腾热气，喜庆团圆。

（三）

冬至清晨话团圆，牛景[①]聚集谈。
回聊过往，精装亮相，业绩非凡。

重游故地三人喜，拍照尽欢颜。
相约午饭，饺子陪伴，驱赶湿寒。

注：①"牛景"指牛街站和景风门站。

铿锵三人行

『隧』口『道』来的词·情·意

钗头凤

三年

2024
01.06

（一）

三人乐，
行不辍，
聚精执笔铿锵作。
三年令，
词牌定，
互相督促，慧思泉涌。
幸！幸！幸！

三年过，
词集获，
弟兄合作出成果。
三人梦，
同深重，
用情书写，匠心明镜。
庆！庆！庆！

（二）

三人悟，
三年促，
唱和三百新词赋。
说工作，
谈收获，
解析难点，践约承诺。
过！过！过！

同行路，
齐抬步，
共研格律将门入。
求突破，
寻开拓，
构思精妙，选题宽阔。
措！措！措！

（三）

回头望，
心花放，
百词同曲三人棒。
新宫早，
牛街俏，
北平金景，缓通增效。
妙！妙！妙！

铿锵将，
尝佳酿，
并行兄弟齐欢畅。
聊冬奥，
生活唠，
神舟发射，获评高调。
傲！傲！傲！

随笔篇

谭远振

检修 2022.02.24

正火夯基轨焊，维检夜修昼见。

日夜不停歇，整治道桥隐患。

唯愿，唯愿，确保安全在线。

坝河早 2022.05.11

东坝河边晨跑，风景日出独好。

绿树抱成荫，两岸老人垂钓。

环绕，环绕，逢友问声您早！

志愿 2022.05.28

新冠又见，两点成一线。

无奈居家当志愿，入户调查巡检。

病疫日渐烟消，心情从此不焦。

企盼亲朋康健，美食佳酿相邀。

周口店 2022/04.04

西南百里驾车行，高速路途平。

仲春渐暖，山花烂漫，此季遇清明。

化石宝库心观静，需远眺高瞻。

遗址公园，猿人古迹，独自望云烟。

 ## 河边理发 2022/07.16

端午晨起理发，河畔桥边东坝。

技术水平高，东北口音多话。

尴尬，尴尬，城管到来羞怕。

铿锵三人行

「隧」口「道」来的词·情·意

 头伏　2022 06.03

之一

盛夏头伏出户，鲸燕飞翔夺目。

十九线连通，半马跑程恭祝。

真酷，真酷，挥洒汗滴一路。

之二

盛夏头伏晨步，半马跑程服务。

家长会沟通，得到表扬多处。

无顾，无顾，汗浸衬衫归路。

之三

盛夏头伏缘故，室外气温发怵。

屋内享空调，餐饮不需出户。

谁顾，谁顾？外卖小哥辛苦。

忆江南　五十岁生日聚会　2022 07.10

知天命，有欲但无求。

老友举杯齐祝贺，吟诗酌酒未曾休。

一夜梦无留。

少年游 石林峡 2022.07.31

中伏游历景观峡,石怪耸云中。

飞碟栈道,俯身观看,璃下谷崆峒。

九潭飞瀑十八转,七彩戏水欢。

鬼斧神工,望峡兴叹,锣鼓报平安。

少年游 石经山 2022.09.11

云居寺里地宫藏,磨难显沧桑。

石经万块,缮存瑰宝,遗产把名扬。

连心树下停休憩,双塔入云端。

云板轻拍,千回百转,空谷有奇观。

古北水镇 2022 10.02

江南古韵意洋洋，红叶送秋凉。

通幽曲径，依山傍水，湖面映波光。

如织游客美食问，把酒颂当今。

空气清新，浑身舒畅，仙谷中飞奔。

 相见 2023 01.23

半百隔空思念，白发之年相见。

少小已离别，姐弟感情不变。

唯愿，唯愿，彼此体康身健。

徒步 2023.01.24

郊野公园徒步，好柿勋章成兔。

清早气温低，面部冻僵麻木。

提速，提速，马不停蹄一路。

植树日春雨有感 2023.03.12

春，

三月茵陈四月薰。

珠帘雨，润物觅知音。

踏莎行 房山长沟国际徒步大会 2023.05.07

初夏时节，长沟徒步。

驱车百里穿山雾。

燕都遗址北京城，千年古刹石经路。

政府搭台，厂商赞助。

沿途志愿人无数。

十余公里倍轻松，美食佳酿填空腹。

满江红　庆建党百年
_{2023.07.01}

壮阔波澜，百年史，浴血奋战。

好男儿，励精图治，齐声呼喊。

为有牺牲多壮志，犹如星汉长空闪。

为梦圆，砥砺向前冲，千千万。

新时代，加油干。

新局面，人人赞。

生活比蜜甜，人民康健。

建党百年心不变，今朝国庆迎华诞。

讲清廉，历久愈弥坚，新期盼。

踏莎行　大兴永定河半程马拉松
_{2023.10.22}

时令初秋，大兴跑步。

人生首马应严肃。

担惊受怕恐途停，邀来高手当私兔。

递水撕胶，超强呵护。

七分半配均匀速。

安全完赛目标达，同学偶遇聊一路。

武清半程马拉松 2023/12.17

寒冷低温，武清跑步。

绒衣素裹加防护。

步幅心率控得严，破风递水呼私兔。

沐浴更衣，美食自助。

放松身体肌恢复。

心满成绩又提升，意足踏上归京路。

 ## 奥森福龙 2023/12.30

穿越丛林，踏平雪地。

奥森寻觅福龙迹。

三时奋斗靠坚持，天寒地冻不言弃。

送走二三，迎来二四。

新年跑步需发力。

迈开双腿向前奔，健康身体多福气。

随笔篇

东城新年诗会 2023.12.29

辞旧迎新翘首盼，朗诵名家星灿烂。

东城诗会再登台，美丽中国豪迈现。

诗苑五人勤演练，背景视频超震撼。

感人肺腑动真情，美好生活多祝愿！

 炭火 2024.01.06

剧社十年出力作，黄河九歌和炭火。

清华园里首登台，朋友献花心悦乐。

前紧后松词未错，饰演村民超自我。

赢得观众掌声多，炭火精神结硕果。

（二）路清泉

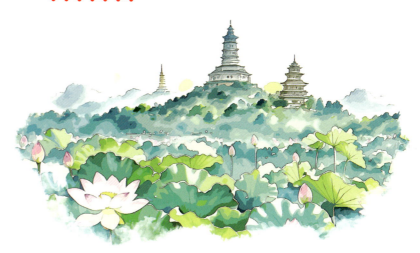

水调歌头 莲花山 2022/02.25

山下青潭美，岭脚客家亲。

四方携手合力，长隧送福音。

不管风吹雨打，勿谓烟尘厚重，量测最专心。

布好周边眼，精确到毫分。

莲花绽，礼花艳，桂花馨。

洞身通贯南北，石块变成金。

济济一堂祝贺，满座高朋道喜，欢庆爆香槟。

吾辈多磨砺，消减后人拼。

注：1999年旧作，原词多有出律处。今严格依照格律要求，结合当年心境，修正遣词造句，面貌焕然一新。

 明灯 2022 03.29

天上一轮月，万里照明灯。

倚椅临窗独坐，犹感枕边空。

与你只言片语，怎解离愁别绪，心事付秋风。

寸断肝肠处，回首蓦然中。

时光迫，白驹过，太匆匆。

自信情深意重，何惧各西东。

纵使山川遮掩，哪怕江河阻断，真爱勇前冲。

但愿人长久，携手共今生。

注：1994 年旧作，原词多有出律处。今严格依照格律要求，结合当年心境，修正遣词造句，面貌焕然一新。

如梦令 母校生日 2022 05.15

曾忆峨眉山下，多少青春挥洒。

百廿六生辰，又见校园如画。

交大，交大，学子一生牵挂。

清平乐 居家 2022.05.28

新冠骚扰,互道平安好。
闭户七天无处跑,等待观察实效。

稳定调整心神,自觉关紧房门。
即使居家封控,依然健体强身。

 忆江南 化燕 2022.06.10

曾有梦,身化燕飞翔。
万水千山隔不住,
一心只想到华航。
相见解愁肠。

注：1994 年旧作,原词多有出律处。今严格依照格律要求,结合当年心境,修正遣词造句,面貌焕然一新。

如梦令 访谈 2022.08.03

编写访谈文稿,资料精心查找。
技术创新多,怎样表达伤脑。
还好,还好,高手帮忙思考。

随笔篇

鹊桥仙 · 鹊桥会 2022.08.04

鹊桥相会，银河祥瑞，织女牛郎心醉。

人间天上共今宵，缠绵语、深情回味。

星光点缀，罗衫轻褪，忍看花容娇媚，

欢愉渐去意难平，离别话、欲哭无泪。

注：1994年旧作，原词多有出律处。今严格依照格律要求，结合当年心境，修正遣词造句，面貌焕然一新。

声声慢 · 秋寒向晚 2022.10.06

秋寒向晚，水澈茶香，欢娱小会长亭。

啖啮佳肴美味，饮醉刘伶。

天边彩虹绚丽，伴群芳、整队出行。

月色皎、看山重无路，柳暗花明。

往事浮沉脑海，忆夏夜、婀娜倩影轻盈。

枕上温柔似水，教我安宁。

弯眉粉腮皓齿，笑回眸、脉脉含情。

今远距、寄相思一页，惆怅难平。

注：1994年旧作，原词多有出律处。今严格依照格律要求，结合当年心境，修正遣词造句，面貌焕然一新。

秋雨连绵 2022 10.06

秋雨连绵，落庭院、水洼片片。

风吹过、透窗而入，微凉扑面。

宿舍桌前折纸鹤，传达室里接来电。

此时间、爱意满心田，情无限。

峨眉月，金顶嵌。

云雾重，天难见。

欲乘风北去，解除思念。

游子化身丘比特，射出神矢追初恋。

定盟约、携手把河山，全行遍。

注：1994年旧作。严格依照格律要求，结合当年心境，修正遣词造句，面貌焕然一新。

铿锵三人行

"隧""口""道"来的词·情·意

 阿根廷首场小组赛 2022 12.14

阿沙比赛冷门藏，小雪冻心房。

三球越位，失球两个，责任让谁扛？

梅西进点难得胜，苦笑复迷茫。

不败金身，三十六场，纪录放一旁。

 阿根廷半决赛 2022 12.14

之一

一夜无眠期待，传射梅西深爱。

造点进佳球，小将建功真帅。

豪迈，豪迈，昂首挥师决赛。

之二

熬夜观球欢乐，遥寄一声恭贺。

小将展神威，队长攻无不克。

奇特，奇特，全场蓝白颜色。

 临镜路 2023 02.02

料峭春寒冻镜河，桥头鹤立赏冰蛇。高楼远望赞巍峨。

轨道交通发展快，合规手续费周折。新时代里紧修革。

108

如梦令 九九 2023.03.04

通惠河边观望，忽见迎春花放。

水面落飞流，浅起层层波浪。

游荡，游荡，心里相当舒畅。

卜算子 女神节 2023.03.08

能顶半边天，可做撑梁柱，

职场巾帼内助贤，里外都兼顾。

多对女神夸，勿惹佳人怒。

紧献殷勤讨喜欢，莫把良辰误。

卜算子 升五段 2023.05.01

五段晋升难，几次三番打。

好事多磨固本基，掌握赢棋法。

连克四强敌，稳取通关卡。

正果修成第二名，看我多潇洒。

小重山 规证完结 2023.11.27

规证完结获赞称。

提前一个月，不轻松。

齐心奋力向前冲。

难度大，堪比取真经。

团队有唐僧。

坚持方向走，越高峰。

山头堡垒已成空。

庆功酒，同饮几十盅。

英语等级考试 2023 12.16

冻雪成冰，寒风刺骨。

升级赶考忙叮嘱。

读题仔细莫慌张，凝神静气听清楚。

喜鹊盘桓，安抚父母。

周周训练真辛苦。

学习外语正合时，终身受益夯基础。

 ## 奥森福龙 2023 12.30

越过荆棘，穿行草地。

奥森踏雪寻龙迹。

停停走走导航批，兜兜转转园中觅。

吸入凉风，呼出热气。

欢声笑语真心意。

双足作画请福来，亲身体验无人替。

铿锵三人行

"隧"口"道"来的词·情·意

小重山 贺十七号线北段通车
2023.12.31

工体开出未北终。

换乘十号线，太阳宫。

清河两岸惠民生。

天通苑，群众便捷行。

协力绘长龙。

列车呼啸过，响歌声。

望京西站几人听。

合枢纽，一体创双赢。

十六字令 词
2024.01.11

词，

百首结集未竟时。

开心事，创作贵坚持。

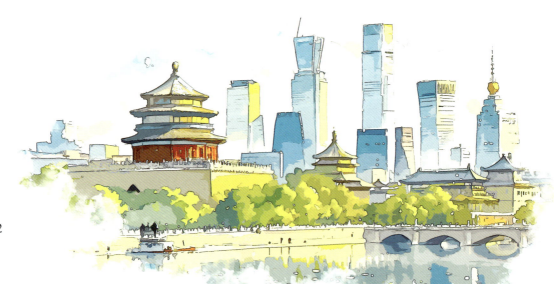

（三）寇鼎涛

 游莲湖公园　2022/02.23

昨夜亲朋小醉，午后闲游微困。

环绕莲湖心，荡漾碧波同翠。

如桂，如桂，景色耐人回味。

 梧桐花　2022/04.13

庭前古树秀新芽，三五孩童笑喇叭。

风肆虐，雨嘀嗒，撒落成群紫色花。

 甥女满十一　2022/04.19

甥女好学勤奋，可爱活泼坚韧。

今日满十一，娘舅赋诗陪衬。

温润，温润，遥祝幸福安顺。

铿锵三人行

『隧』口『道』来的词·情·意

相见欢 春暮微凉 2022.04.27

斜风细雨微凉,进偏廊。

昨日高温突变,夜迷茫。

杨花去,枯柳絮,入花房。

春暮夏临草色漫山墙。

相见欢 暮春夜雨 2022.04.28

老槐吐蕊飘香,绿丛茫。

夜雨洒湿庭院,露珠凉。

梧桐坠,河堤翠,散春光。

百鸟入林啼叫胜歌王。

清平乐 驻守同忙 2022.05.26

东方破晓,小院浓香绕。

晨起一翁忙清扫,月季飘香犹早。

驻守封闭研商,三方抗疫同忙。

祈祷瘟情退散,上下共保安康。

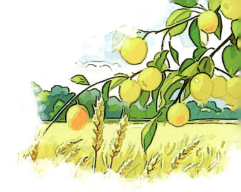

 芒种 2022 06.03

黄杏飘香微醉，麦熟舞动弯镰。
梦中游戏忆从前，热汗洒湿地面。

父母收割温饱，披星戴月山间。
欢声笑语享心田，美满幸福如愿。

 夜雨吐芬芳 2022 06.12

晨起园区徒步，绿影清新如故。
夜雨吐芬芳，滋养露珠无数。
薄雾，薄雾，美景瞬间留住。

诉衷情 小女背书忙 2022 09.08

晴空万里送秋凉。小女背书忙。
初一作业繁重，晨起续激扬。

新伙伴，共研商。要坚强。
两三年后，明志八方，同绽光芒。

铿锵三人行

『隧』口『道』来的词·情·意

 ## 游陶然亭公园　2022.11.06

鸳鸯戏水败荷旁。信步赏金黄。

游人舞动长镜，留住瞬时光。

秋已尽，入冬忙。早晚凉。

柳条垂吊，芦苇高昂，鱼跃花香。

逐梦启新篇　2022.11.16

片片红叶染深秋，雾锁望江楼。

儿时嬉笑，无知年少，回首却无忧。

离家廿载鬓霜现，学业斩双全。

砥砺前行，初心不改，逐梦启新篇。

满江红　新年寄语 2023.01.12

玉兔迎新，回头望、光芒万丈。

二十载、首都轨道，领衔航向。

精品工程优质量，交通线网逐年涨。

续凤凰、建党百年翔，福安降。

十四五，蓝图放。

新时代，高精壮。

巧研新技术，赞扬工匠。

戴月披星逐梦想，初心不改扬帆棒。

展宏图、引领万千强，辉煌创！

卜算子　响春雷 2023.03.24

昨夜响春雷，晨起拨云雾。

霹雳哐啷炸不停，惊醒蜂蝶顾。

转眼二十年，回想艰辛路。

坚守一颗敬业心，再把新功树。

铿锵三人行

「隧」口「道」来的词·情·意

少年游 游香山 2023.03.19

漫山游客笑声急，老幼抢云梯。

桃花遍野，蜂蝶追戏，拐杖杵石脊。

晴空薄雾初春至，家女拽贤妻。

登顶高歌，西山晴雪，挥汗赏花溪！

点绛唇 清明游园 2023.04.05

柳绿花红，清明时日陶然醉。

海棠集会，粉钻尤为贵。

小女回眸，一簇青竹翠。

鸳鸯睡，扁舟击水，浪打浮萍退。

卜算子 斗艳 2023.05.20

风颤柳飞扬，浪打鱼翻跳。

十里花廊样样红，争选头魁闹。

月季抢先机，窗外石榴耀。

芍药丁香处处游，欲把蔷薇笑。

满江红 百战归来再读书

2023.11.05

序：金秋十月，清华校园，五彩缤纷。银杏悠然，枫叶坠地，犹如蝴蝶翩然翻飞。在这里，我很荣幸参加了"京投公司2023年中青年人才经营管理能力提升班（第二期）"，饱览了"层林尽染遍地金黄"之美景，享受着"国学智慧领导艺术"之美味，参观了"文化灿烂历史悠久"之校史馆与科博馆。虽五日，但充实与快乐并存，美好与希望同在。归来后，填写《满江红·百战归来再读书》以表达我的心情。

水木清华，金秋醉、荷塘花褪。

梧桐坠、漫山秋意，彩枫银被。

日晷碑前铭历史，自清亭内闻香蕊。

二校门、雄伟且庄严，犹华贵。

十四五，蓝图绘。

新时代，群星睿。

梦圆清华路，好学国粹。

百战归来平静气，名师慷慨倾心馈。

再读书、历练续辉煌，京投兑。

铿锵三人行

"隧"口"道"来的词·情·意

 雪后游大观园 2023 12.16

冬月初晴，艳阳高照。

游园玩耍孩童俏。

野鸭回首水冰凝，湖中倒影残枝绕。

踏雪寻梅，玉石欢笑。

怡红公子才情妙。

杏帘在望稻香村，红楼巨著国人傲。

 诗 2024 01.11

诗，

古往今来自有之。

和弦唱，宫阙醉如痴。

 偶感 2024 01.12

金龙跃，玉兔月宫藏。

喜笑孩童逐戏闹，红轮残雪映花墙。

福岁纳千祥。

后记

金秋十月，收获满满。

《铿锵三人行》一书，从组稿、汇集、美化、修编……历时一年多，终于面世了。此书共收录作品300首，涉及词牌30个，数量虽不算多，但对三位工科男来说，也着实费了一番功夫。

回想起每首词的由来，记忆犹新。在创作的三年里，我们哥仨儿立足于工作，以工程为载体，将节日庆典、节气更替以及重大事件等元素融入其中，凭借着对爱好的执着与热情，始终不渝地努力着。其间，我们相互学习、相互唱和、相互鼓励，也获得同行、朋友们的认可与鼓励。最终共同完成诗词轨道篇45首、冬奥篇36首、节气篇72首、节日篇45首、事件篇42首及随笔篇60首。

去年八月，在朋友的鼓励下，我们便有了正式出版词集的想法，遂将同事周轶先前整理和设计的初稿交付给人民交通出版社进行后续处理。一年来，出版社为本书的美工设计、编辑、校对等付出了诸多精力，特别是责任编辑张晓不厌其烦地按照我们哥仨儿的意见多次修改。在此，对周轶和人民交通出版社的编辑们一并表示感谢。

我们还要感谢北京地铁19号线各土建施工标段提供的现场协作与大力支持，感谢寇诗涵同学为本书题写书名，感谢中铁十四局项目部提供研讨场所。最后，再次感谢清华大学张凤桐博士和另一位不愿留下真名的同行老友为本书作序。

我们深知，本书结集的词作，与大家之作还相差甚远，很多用词不够严谨，还请各位读者批评指正。同时，为了方便读者朋友们更好地理解作者的创作意图，熟悉词的韵律，培养填词的兴趣，学习填词的技巧，特将本词集所采用的30首词牌的优秀代表作品展示于附录，希望未来有更多的朋友愿意投入词的创作大军，传承中华古诗词文化，弘扬原创精神，用古典文学载体记录中国式现代化发展成果以及在此大背景下个人成长的点点滴滴。

　　人生在世，白驹过隙。后续我们哥仨儿将利用闲暇之余，继续钻研、创作律诗，以此丰富我们的业余生活，让时光更加饱满而有意义。

谭清涛

2024年11月15日于轨道大楼

附录

书江西造口壁

宋 / 辛弃疾

（上阕）

中平中仄平平仄，(仄韵1)

郁孤台下清江水，

中平中仄平平仄。(仄韵1)

中间多少行人泪？

中仄仄平平，(平韵2)

西北望长安，

中平中仄平。(平韵2)

可怜无数山。

（下阕）

中平平仄仄,（仄韵 3）

青山遮不住,

中仄平平仄。（仄韵 3）

毕竟东流去。

中仄仄平平,（平韵 4）

江晚正愁余,

中平中仄平。（平韵 4）

山深闻鹧鸪。

宋 / 苏轼

（上阕）

中仄中平平仄仄。(仄韵)

花褪残红青杏小。

中仄平平，中仄平平仄。(仄韵)

燕子飞时，绿水人家绕。

中仄中平平仄仄，(仄韵)

枝上柳绵吹又少，

中平中仄平平仄。(仄韵)

天涯何处无芳草。

（下阕）

中仄中平平仄仄。(仄韵)

墙里秋千墙外道。

中仄平平，中仄平平仄。(仄韵)

墙外行人，墙里佳人笑。

中仄中平平仄仄，(仄韵)

笑渐不闻声渐悄。

中平中仄平平仄。(仄韵)

多情却被无情恼。

登京口北固亭有怀

宋 / 辛弃疾

(上阕)

中仄仄平平，（平韵）

何处望神州？

中仄平平仄仄平。（平韵）

满眼风光北固楼。

中仄中平平仄仄，平平。（平韵）

千古兴亡多少事？悠悠。

中仄平平仄仄平。（平韵）

不尽长江滚滚流！

(下阕)

中仄仄平平，（平韵）

年少万兜鍪，

中仄平平仄仄平。（平韵）

坐断东南战未休。

中仄中平平仄仄，平平。（平韵）

天下英雄谁敌手？曹刘。

中仄平平仄仄平。（平韵）

生子当如孙仲谋！

明 / 杨慎

（上阕）

仄仄平平平仄仄，仄平平仄平平。（平韵）

滚滚长江东逝水，浪花淘尽英雄。

仄平平仄仄平平。（平韵）

是非成败转头空。

平平平仄仄，仄仄仄平平。（平韵）

青山依旧在，几度夕阳红。

（下阕）

仄仄平平平仄仄，仄平平仄平平。（平韵）

白发渔樵江渚上，惯看秋月春风。

仄平平仄仄平平。（平韵）

一壶浊酒喜相逢。

仄平平仄仄，平仄仄平平。（平韵）

古今多少事，都付笑谈中。

唐 / 李白

（上阕）

平中仄，（仄韵）

箫声咽，

中平中仄平平仄。（仄韵）

秦娥梦断秦楼月。

平平仄，（仄韵）

秦楼月，

中平中仄，仄平平仄。（仄韵）

年年柳色，灞陵伤别。

（下阕）

中平中仄平平仄，（仄韵）

乐游原上清秋节，

中平中仄平平仄。（仄韵）

咸阳古道音尘绝。

平平仄，（仄韵）

音尘绝，

中平中仄，仄平平仄。（仄韵）

西风残照，汉家陵阙。

咏梅

宋 / 苏轼

（上阕）

中仄仄平平，中仄平平仄。（仄韵）

缺月挂疏桐，漏断人初静。

中仄平平仄仄平，中仄仄平平仄。（仄韵）

谁见幽人独往来？缥缈孤鸿影。

（下阕）

中仄仄平平，中仄平平仄。（仄韵）

惊起却回头，有恨无人省。

中仄平平仄仄平，中仄平平仄。（仄韵）

拣尽寒枝不肯栖，寂寞沙洲冷。

附录

六盘山

现代 / 毛泽东

（上阕）

中中中仄，（仄韵）
天高云淡，
中仄平平仄。（仄韵）
望断南飞雁。
中仄中平平中仄，（仄韵）
不到长城非好汉，
中仄中平中仄。（仄韵）
屈指行程二万。

（下阕）

中仄中仄平平，（平韵）
六盘山上高峰，
中中中仄中平。（平韵）
红旗漫卷西风。
中仄中平中仄，
今日长缨在手，
中中中仄平平。（平韵）
何时缚住苍龙？

重阳

现代 / 毛泽东

（上阕）

中平中仄平平仄，中仄平平。（平韵）

人生易老天难老，岁岁重阳。

中仄平平，（平韵）

今又重阳，

中仄平平中仄平。（平韵）

战地黄花分外香。

（下阕）

中平中仄平平仄，中仄平平。（平韵）

一年一度秋风劲，不似春光。

中仄平平，（平韵）

胜似春光，

中仄平平中仄平。（平韵）

寥廓江天万里霜。

虞美人

五代 / 李煜

（上阕）

中平中仄平平仄，（仄韵1）

春花秋月何时了？

中仄平平仄。（仄韵1）

往事知多少。

中平中仄仄平平，（平韵2）

小楼昨夜又东风，

中平中仄仄平平。（平韵2）

故国不堪回首月明中！

（下阕）

中平中仄平平仄，（仄韵3）

雕栏玉砌应犹在，

中仄平平仄。（仄韵3）

只是朱颜改。

中平中仄仄平平，（平韵4）

问君能有几多愁？

中平中仄仄平平。（平韵4）

恰似一江春水向东流。

宋 / 辛弃疾

（上阕）

中仄中平中仄，中平中仄平平。（平韵）

明月别枝惊鹊，清风半夜鸣蝉。

中平中仄仄平平，（平韵）

稻花香里说丰年，

中仄中平中仄。（仄韵）

听取蛙声一片。

（下阕）

中仄中平中仄，中平中仄平平。（平韵）

七八个星天外，两三点雨山前。

中平中仄仄平平，（平韵）

旧时茅店社林边，

中仄中平中仄。（仄韵）

路转溪桥忽见。

赤壁怀古

宋 / 苏轼

（上阕）

中平中仄，仄平仄，中仄中平平仄。（仄韵）

大江东去，浪淘尽，千古风流人物。

中仄中平，平仄仄，中仄中平平仄。（仄韵）

故垒西边，人道是，三国周郎赤壁。

中仄平平，中平中仄，中仄平平仄。（仄韵）

乱石穿空，惊涛拍岸，卷起千堆雪。

中平中仄，仄平平仄中仄。（仄韵）

江山如画，一时多少豪杰。

（下阕）

中仄中仄平平，中平中仄，中仄平平仄。（仄韵）

遥想公瑾当年，小乔初嫁了，雄姿英发。

中仄中平平仄仄，中仄中平平仄。（仄韵）

羽扇纶巾，谈笑间，樯橹灰飞烟灭。

中仄平平，中平中仄，中仄平平仄。（仄韵）

故国神游，多情应笑我，早生华发。

中平平仄，仄平平仄平仄。（仄韵）

人生如梦，一尊还酹江月。

宋 / 李清照

中仄中平平仄，（仄韵）
昨夜雨疏风骤，
中仄中平平仄。（仄韵）
浓睡不消残酒。
中仄仄平平，（平韵）
试问卷帘人，
中仄仄平平仄。（仄韵）
却道海棠依旧。
平仄，平仄，（仄韵）
知否，知否？
中仄仄平平仄。（仄韵）
应是绿肥红瘦。

附录

唐 / 张志和

平平仄仄仄平平，（平韵）
松江蟹舍主人欢，
平仄平平仄仄平。（平韵）
菰饭莼羹亦共餐。
平仄仄，仄平平，（平韵）
枫叶落，荻花乾，
仄仄平平仄仄平。（平韵）
醉宿渔舟不觉寒。

宋 / 李清照

中平中仄平平，仄平平。（平韵）

无言独上西楼，月如钩。

中仄中平中仄，仄平平。（平韵）

寂寞梧桐深院，锁清秋。

中中仄，中中仄，仄平平。（平韵）

剪不断，理还乱，是离愁。

中仄中平中仄仄平平。（平韵）

别是一般滋味在心头。

宋 / 李清照

(上阕)

中仄平平,中平中仄平平仄。(仄韵)

蹴罢秋千,起来慵整纤纤手。

中平中仄,中仄平平仄。(仄韵)

露浓花瘦,薄汗轻衣透。

(下阕)

中仄中平,中仄平平仄。(仄韵)

见客入来,袜刬金钗溜。

中中仄,中平中仄,中仄平平仄。(仄韵)

和羞走,倚门回首,却把青梅嗅。

宋 / 陆游

(上阕)

中平仄仄仄平平。（平韵）

当年万里觅封侯。

仄仄仄平平。（平韵）

匹马戍梁州。

平平仄仄平仄,平仄仄平平。（平韵）

关河梦断何处,尘暗旧貂裘。

(下阕)

平仄仄,仄平平。（平韵）

胡未灭,鬓先秋。

仄中平。（平韵）

泪空流。

仄平平仄,平仄平平,平仄平平。（平韵）

此生谁料,心在天山,身老沧洲。

附录

宋 / 柳永

(上阕)

中平中仄仄平平,中仄仄平平。(平韵)

长安古道马迟迟,高柳乱蝉嘶。

中平中仄,中平中仄,中仄仄平平。(平韵)

夕阳岛外,秋风原上,目断四天垂。

(下阕)

中平中仄平平仄,中仄仄平平。(平韵)

归云一去无踪迹,何处是前期?

中仄平平,中平中仄,中仄仄平平。(平韵)

狎兴生疏,酒徒萧索,不似少年时。

现代 / 毛泽东

（上阕）

中仄中平中仄平，（平韵）

长夜难明赤县天，

中平中仄仄平平，（平韵）

百年魔怪舞翩跹，

中平中仄仄平平。（平韵）

人民五亿不团圆。

（下阕）

中仄中平平仄仄，（仄韵）

一唱雄鸡天下白，

中平中仄仄平平，（平韵）

万方乐奏有于阗，

中平中仄仄平平。（平韵）

诗人兴会更无前。

宋 / 岳飞

(上阕)

中仄平平中仄平。(平韵)

昨夜寒蛩不住鸣。

中平平仄仄、仄平平。(平韵)

惊回千里梦,已三更。

中平中仄仄平平。(平韵)

起来独自绕阶行。

中中仄、中仄仄平平。(平韵)

人悄悄,帘外月胧明。

(下阕)

中仄仄平平。(平韵)

白首为功名。

中平平仄仄、仄平平。(平韵)

旧山松竹老,阻归程。

中平中仄仄平平。(平韵)

欲将心事付瑶琴。

中中仄、中仄仄平平。(平韵)

知音少,弦断有谁听?

宋 / 晏殊

（上阕）

中仄平平，中平中仄。（仄韵）

细草愁烟，幽花怯露。

中平中仄平平仄。（仄韵）

凭阑总是销魂处。

中平中仄仄平平，中平中仄平平仄。（仄韵）

日高深院静无人，时时海燕双飞去。

（下阕）

中仄平平，中平中仄。（仄韵）

带缓罗衣，香残蕙炷。

中平中仄平平仄。（仄韵）

天长不禁迢迢路。

中平中仄仄平平，中平中仄平平仄。（仄韵）

垂杨只解惹春风，何曾系得行人住。

鹊桥仙

宋 / 秦观

（上阕）

中平中仄，中平中仄，（仄韵）

纤云弄巧，飞星传恨，

中仄中平中仄。（仄韵）

银汉迢迢暗度。

中平中仄仄平平，（平韵）

金风玉露一相逢，

仄中仄、平平中仄。（仄韵）

便胜却人间无数。

（下阕）

中平中仄，中平中仄，（仄韵）

柔情似水，佳期如梦，

中仄中平中仄。（仄韵）

忍顾鹊桥归路。

中平中仄仄平平，（平韵）

两情若是久长时，

仄中仄、平平中仄。（仄韵）

又岂在、朝朝暮暮！

五代 / 顾夐

（上阕）

中仄中平平仄仄，中仄中平平仄仄。（仄韵）
拂水双飞来去燕，曲槛小屏山六扇。
中平平仄仄平平，中仄中平平仄仄。（仄韵）
春愁凝思结眉心，绿绮懒调红锦荐。

（下阕）

中仄中平平仄仄，中仄中平平仄仄。（仄韵）
话别情多声欲战，玉箸痕留红粉面。
中平中仄仄平平，中仄中平平仄仄。（仄韵）
镇长独立到黄昏，却怕良宵频梦见。

宋 / 阮阅

(上阕)

平仄平平仄平平，(平韵)

楼上黄昏杏花寒，

中仄仄平平。(平韵)

斜月小阑干。

中平中仄，中平中仄，中仄平平。(平韵)

一双燕子，两行征雁，画角声残。

(下阕)

中平中仄平平仄，中仄仄平平。(平韵)

绮窗人在东风里，洒泪对春闲。

中平中仄，中平中仄，中仄平平。(平韵)

也应似旧，盈盈秋水，淡淡春山。

宋 / 陆游

（上阕）

平平仄，平平仄，仄平平仄平平仄。（仄韵一）

红酥手，黄滕酒，满城春色宫墙柳。

平平仄，平平仄。（仄韵二）

东风恶，欢情薄。

中平平仄，仄平平仄。（仄韵二）

一怀愁绪，几年离索。

仄，仄，仄。（三同字，仄韵二）

错！错！错！

（下阕）

平平仄，平平仄，仄平平仄平平仄。（仄韵一）

春如旧，人空瘦，泪痕红浥鲛绡透。

平平仄，平平仄。（仄韵二）

桃花落，闲池阁。

中平平仄，仄平平仄。（仄韵二）

山盟虽在，锦书难托。

仄，仄，仄。（三同字，仄韵二）

莫！莫！莫！

宋 / 周邦彦

（上阕）

中仄平平中仄平。（平韵）

一剪梅花万样娇。

中中平平，中仄平平。（平韵）

斜插梅枝，略点眉梢。

中平中仄仄平平，（平韵）

轻盈微笑舞低回，

中仄平平，中仄平平。（平韵）

何事尊前，拍误相招。

（下阕）

中仄平平中仄平。（平韵）

夜渐寒深酒渐消。

中中平平，中仄平平。（平韵）

袖里时闻，玉钏轻敲。

中平中仄仄平平，（平韵）

城头谁恁促残更，

中中平平，中仄平平。（平韵）

银漏何如，且慢明朝。

宋 / 柳永

（上阕）

中仄平平，中中仄、中平中仄。（仄韵）

暮雨初收，长川静、征帆夜落。

中中中、中平中仄，中平平仄。（仄韵）

临岛屿、蓼烟疏淡，苇风萧索。

中仄中平平仄仄，中平中仄平平仄。（仄韵）

几许渔人横短艇，尽将灯火归村落。

仄中中、中仄仄平平，平平仄。（仄韵）

遣行客、当此念回程，伤漂泊。

（下阕）

平中仄，平中仄。（仄韵）

桐江好，烟漠漠。

平中仄，平平仄。（仄韵）

波似染，山如削。

中中中中中，中中平仄。（仄韵）

绕严陵滩畔，鹭飞鱼跃。

中仄中平平仄仄，中平中仄平平仄。（仄韵）

游宦区区成底事，平生况有云泉约。

中中中、中仄仄平平，平平仄。（仄韵）

归去来、一曲仲宣吟，从军乐。

宋 / 晁补之

（上阕）

平平中仄，仄仄平平，平平仄仄平平。（平韵）
朱门深掩，摆荡春风，无情镇欲轻飞。
仄仄平平仄仄，仄仄平平。（平韵）
断肠如雪，撩乱去点人衣。
平平仄平仄仄，仄平平、仄仄平平。（平韵）
朝来半和细雨，向谁家、东馆西池。
中仄仄、仄中平平仄，仄仄平平。（平韵）
算未肯、似桃含红蕊，留待郎归。

（下阕）

仄仄平平仄仄，中仄仄、平平仄仄平平。（平韵）
还记章台往事，别后纵青青，似旧时垂。
仄仄平平仄仄，仄仄平平。（平韵）
灞岸行人多少，竟折柔支。
平平仄平仄仄，仄平平、仄仄平平。（平韵）
而今恨啼露叶，镇香街、抛掷因谁。
中仄仄、仄中平平仄，仄仄平平。（平韵）
又争可、妒郎夸春草，步步相随。

注：《声声慢》有平韵格和仄韵格。此次选平韵格正体一格律，上阕九句四韵，下阕八句四韵，共99字。

宋 / 苏轼

（上阕）

中仄仄平仄，中仄仄平平。（平韵）

明月几时有，把酒问青天。

中平中仄平中，中仄仄平平。（平韵）

不知天上宫阙，今夕是何年？

中仄平平中仄，中仄平平中仄，中仄仄平平。（平韵）

我欲乘风归去，又恐琼楼玉宇，高处不胜寒。

中仄仄平仄，中仄仄平平。（平韵）

起舞弄清影，何似在人间。

（下阕）

仄平仄，平仄仄，仄平平。（平韵）

转朱阁，低绮户，照无眠。

仄平平仄，仄仄平仄仄平平。（平韵）

不应有恨，何事长向别时圆。

仄仄平平仄仄，仄仄平平仄仄，中仄仄平平。（平韵）

人有悲欢离合，月有阴晴圆缺，此事古难全。

仄仄平平仄，中仄仄平平。（平韵）

但愿人长久，千里共婵娟。

现代 / 毛泽东

平，（平韵）

山，

中仄平平仄仄平。（平韵）

刺破青天锷未残。

平平仄，中仄仄平平。（平韵）

天欲堕，赖以拄其间。

唐 / 白居易

平中仄，中仄仄平平。（平韵）

江南好，风景旧曾谙。

中仄中平平仄仄，中平平仄仄平平。（平韵）

日出江花红胜火，春来江水绿如蓝。

平仄仄平平。（平韵）

能不忆江南？